# 왝왝이가

# 그곳에 있었다

제15회 문학동네청소년문학상 대상

# 왝왝이가 그곳에 있었다

이로아 장편소설

문학동네

## 차례

# 1. 강우 시 진입 금지

학원을 그만두겠다고 선생님에게 통보했다. 선생님은 나를 붙잡지 않았다. 마치 내가 그만둘 줄 알고 있었다는 듯이.

나는 학원 수업 시간에 졸지도 않았고 내주는 숙제도 빠짐없이 했다. 가끔 답지를 고스란히 베껴 가는 일은 있었지만 내 나름대로 성의는 보였다. 선생님은 뭘 보고 내가 머지않아 그만두리라고 생각했던 걸까?

"이건 엄마 계좌야?"

"네. 아빠가 여기에 환불받으래요."

거짓말은 체질적으로 나랑 맞지 않는다. 뒷짐을 지고 교복 셔츠 뒤쪽을 만지작거렸다. 치마에서 셔츠 밑단을 뺐다가 다시 집어넣기를 반복했다.

선생님이 내 말을 믿을 가능성과 믿지 않을 가능성에 대해 미리 생각해 보았었다. 어느 쪽이든 선생님은 아빠에게 연락하지 않을 것이다.

이어지는 질문은 없었다. 나는 선생님이 더 묻지 않을 줄 알고 있었다. 선생님이 내가 학원을 그만둘 줄 알고 있었던 것처럼.

"해 주겠대. 나 이제 부자야."

학원 밖에서 기다리고 있던 혜민에게 말했다. 혜민이 양손을 허공으로 치켜들었다.

"이연서 최고!"

부자가 된 기념으로 혜민을 뷔페에 데려갔다. 혜민은 밥을 먹는 내내, 내게 이것저것 물었다.

"뭐라고 하고 네 계좌 줬어?"

"아빠가 그렇게 하랬다고."

"그랬더니 넘어갔어?"

"넘어가던데. 이번 주 안에 입금될 거래."

"어른들은 진짜 너한테는 아무 말도 못 하는구나."

혜민이 놀랍다는 듯이 말했다. 나는 고개를 끄덕였다.

"그렇다니까."

뷔페에서 나오는데, 길 건너 교육청 앞에 우리 학교 교복을 입은 애들이 눈에 들어왔다. 잠시 멈춰서 그쪽을 보았다. 세 명이 각자 큼지막한 글씨가 적힌 플래카드를 손에 들거나 목에 걸고 있었다. 플래카드에 적힌 글씨를 읽기 위해 미간을 좁혔다. 뒤따라 나온 혜민이 내 옆에 서서 그 애들을 빤히 보았다.

“쟤 신호정인가? 가운데 애.”

“응. 신호정 옆에도 걔네들.”

혜민은 내 얼굴을 힐끗 살폈다. 나는 혜민이 내 눈치를 보고 있다는 걸 알았다.

“저쪽으로 돌아가자. 쟤들이 너 보면 아는 척할지도 모르잖아.”

혜민은 과장되게 경쾌한 목소리로 말했다.

노래방을 나오니 하늘에서 비가 쏟아졌다. 노래방은 지하에 있어서 비가 오는 줄도 모르고 있었다. 일기예보에 없던 소나기였다. 혜민도 나도 우산이 없었다.

“안에서 좀 기다릴까?”

혜민이 하늘을 올려다보며 말했다. 하늘은 온통 잿빛이었다.

“야, 진짜 지구 망해 가나 봐. 작년보다 비 많이 오는 것 같아.”

내가 말했다. 건물 처마를 때리는 빗줄기 탓에 목소리가 묻혔다. 혜민은 내 말을 들었는지 듣지 못했는지, 손을 앞으로 쭉 뻗고 하늘만 올려다보았다.

“올해도 무조건 물난리 나겠지? 몇십 년 만의 폭우, 뉴스에서 이런 말 하는 거 어이없어. 매년 갱신되는데 무슨 의미가 있냐?”

내가 소리쳤다. 혜민은 어깨를 으쓱했다. 나는 그런 혜민의 가방을 잡아당겼다.

"하천으로 가 보자. 산책로 잠겼는지 보자."

"아직 안 잠겼을 것 같은데. 반나절은 내려야 잠기지 않나?"

"그래도 가 보자. 물이 얼마나 불었는지 보게."

나는 가방을 머리에 올리고 하천 위를 가로지르는 다리를 향해 달렸다. 내 뒤를 따르는 혜민의 떰박질 소리가 들렸다.

**강우 시 진입 금지**

**이곳은 하천 수위 상승 시**

**우수저류시설로 하천물이 유입되는 곳이므로**

**호우 시 출입을 금지합니다.**

우리는 다리 난간을 붙잡고 하천과 산책로를 내려다보았다. 혜민의 말대로였다. 하천은 기대만큼 불어 있지 않았다. 그래도 물이 차긴 찼는지, 평소보다 산책로가 낮아진 것처럼 보였다.

굵은 빗줄기가 눈꺼풀을 연신 때렸다. 시야가 흐려졌다. 손으로 얼굴을 훔쳤다. 가닥가닥 뺨에 달라붙은 머리카락을 넘겼다.

얼굴을 문지르면 잠깐은 시야가 또렷해졌지만 오래가진 못했다. 얼마 지나지 않아 다시 눈앞이 흐려졌다. 차창의 빗물을 닦는 와이퍼가 떠올랐다. 비가 심하게 오면 와이퍼도 무용해진다.

머리에 바람막이를 뒤집어쓴 우리 학교 교복 하나가 산책로에서 자전거 페달을 열심히 밟고 있었다. 그 애를 빼면 산책로를 지나다니는 사람은 없었다. 나는 난간 밖으로 팔을 빼고 점점 작아지는 바람막이의 뒷모습을 바라보았다.

"비 맞으니까 시원하다, 그치."

목소리가 빗줄기를 뚫을 수 있도록 악을 썼다. 아까부터 소리를 질러 댔더니 목이 아팠다. 혜민은 혀를 내밀고 하늘에서 떨어지는 빗물을 마시는 시늉을 했다.

"뭐 해? 맛있냐?"

"미세먼지 맛."

혜민은 난간 아래로 침을 뱉었다. 나는 혜민을 따라 빗물을 마셨다. 그리고 다리 아래로 침을 뱉었다.

이번에는 혜민이 앞장서서 달렸고 내가 그 뒤를 따랐다. 생활용품점 건물로 들어갔을 땐 혜민도 나도 쫄딱 젖어 있었다. 가게 안에 있던 사람들이 전부 우리를 쳐다보았다.

"이렇게 젖어서 들어오면 어떡해요. 물 떨어지게."

직원이 다가와 핀잔했다. 혜민은 직원의 말을 못 들은 척 가게 안으로 발을 들였다. 서둘러 혜민을 쫓아가 팔짱을 꼈다. 등 뒤에서 직원이 구시렁거렸다. 나는 머리카락을 귀 뒤로 넘기면서 혜민에게 귓속말했다. 혜민이 슬쩍 직원을 돌아보았다. 우리의 발이 멈추는 곳마다 작은 물웅덩이가 생겼다.

우산 코너 앞에는 사람이 많았다. 혜민과 내가 다가가자 사람들이 슬금슬금 자리를 비켰다. 우리는 코너 앞을 독차지하고 서서 무슨 우산을 살지 한참을 고민했다. 시간이 지날수록 우리 발밑의 물웅덩이가 넓어졌다.

"나는 안 살래."

"왜?"

"지금 우산 써 봤자 소용없을 것 같아."

"나는 그래도 하나 살래. 뭐가 더 귀여워?"

혜민이 고른 캐릭터 우산을 들고 계산대로 향하는 길에, 아까 우리를 흘겨보던 직원을 마주쳤다. 직원은 우리가 떨구고 다닌 빗물을 밀대로 문지르는 중이었다. 나는 혜민의 어깨 쪽으로 고개를 숙이고 의미 없이 키득거렸다. 다 보이도록 입꼬리를 실룩댔지만, 웃긴 건 아무것도 없었다. 다만 우리에게 눈치를 준 직원을 열받게 만들고 싶었다.

최근 들어서 나는 돈을 헤프게 쓰듯이 헤프게 웃으려 하고 있었다. 내 이름 옆으로 싹수가 없다거나 되바라졌다거나 걱정해 줄 가치가 없다 같은 평가가 남는 게 좋았다. 내가 가장 좋아하는 건 '가치가 없다'라는 말이었다. 걔는 신경 써 줄 가치가 없다. 배려해 줄 가치가 없다. 지원금이 아깝다.

죽은 사람들만 불쌍하지. 진짜 힘든 사람은 개처럼 못 해.

내가 누군가를 비웃거나 조롱할 때마다 사람들은 당황했다. 나는 사람들이 나를 보며 당황하는 게 좋았다.

나를 '배려'하면서 자의식을 공고히 하려는 사람들을 마주하면 짜증이 났다. 배려받을 사람과 배려받지 못할 사람을 구분할 자격이 자신에게 있다고 믿는 사람들. 나를 싫어하는 순간, 그들은 생존자를 싫어하는, 고작 그런 사람이 된다.

집에 돌아와서 씻고 옷을 갈아입었다. 아빠는 집에 없었다. 아빠가 내 꼴을 보았다간 가만있지 않았을 테니, 다행이었다.

침대에 누워 호정의 유튜브 채널에 접속했다. 호정의 인터뷰 프로젝트는 아직도 진행 중이었다. 열 명의 이야기. 호정은 이야기를 나누어 줄 생존자와 유가족 열 명을 찾을 것이라고 말했었다. 지금까지는 아홉 명의 인터뷰 영상이 올라와 있었다.

영상 섬네일에는 인터뷰한 사람의 사진과 이름이 표시되어 있었다. 세 번째 인터뷰 영상만 섬네일이 새까맸다. 잘못 등록된 것인가 싶어서 영상을 눌러 보았다.

영상은 십오 분 내내 새까맣기만 할 뿐 화면엔 아무것도 나오지 않았다. 소리도 없었다. 아마도 파일을 올리는 과정에서 오류가 난 것 같았다.

호정에게 연락해서 이 사실을 알려 줄까 하다가 관두었다. 호정과 연락하지 않은 지도 한참이 지났다. 호정이 적극적으로 나서기 시작하면서 나는 호정과 멀어지기를 택했다. 같이 있다 보면 호정이 나의 아픔을 자신의 것으로 만들려고 하는 기분이 들었다. 심지어는 나를 나보다 잘 알고 있는 것처럼 굴었다. 나는 그런 호정의 친구가 될 수 없었다.

미안한 말이지만 호정은 아무것도 아니었다. 아니, 미안할 말도 아니다. 그날 그곳에 있지도 않았고, 그날의 일로 가족이나 친구를 잃지도 않은 사람이라는 뜻이니까. 호정은 정수연에 대해 자주 이야기하지만, 실상 정수연이 살아 있을 때 두 사람은 별로 친하지도 않았다.

불현듯 내 행동이 전 남자친구의 SNS를 염탐하는 것과 다를 바가 없다는 생각이 들었다. 이별 후에 미련이 남아서는 전 남친이나 그의 새 여친의 SNS를 염탐하는 애들을 그렇게 한심해했었는데 말이다.

작년 겨울에 호정이 선물해 준 일력이 아직도 내 방에 있다. 장마다 다른 카피바라 사진이 담긴 일력이다. 그러니까 총 365장의 카피바라 사진이 있는 것이다. 호정은 자신이 제일 좋아하는 사진작가의 홈페이지에서 그 일력을 주문했었다.

나는 호정이 카피바라를 찍는 사진작가를 좋아하기 전에는 원숭이를 찍으러 돌아다니는 사진작가를, 원숭이 전에는 투칸을 찍으러 돌아다니는 사진작가를 좋아했다는 것을 알고 있다. 호정의 캠코더는 항상 사람을 향하는데, 정작 호정은 동물에게 렌즈를 들이대는 사진작가를 좋아했다.

하루가 지나 그날의 일력을 뜯을 때마다 사진을 마스킹테이프로 다이어리 속지에 붙여 놓는다. 굳이 보관할 필요는 없지만 카피바라가 귀여워서 버리기가 아깝다. 선물받은 일력을 쓰는 이상, 올해의 마지막 날까지는 꼼짝없이 호정을 떠올릴 수밖에 없을 것이다. 호정은 내가 카피바라를 볼 때마다 자기를 생각한다는 걸 알까?

침대에 엎드려서 유튜브에 카피바라를 검색했다. 영상 몇 개를 보았을 뿐인데 알고리즘이 죄다 카피바라 비슷한 설치류로 도배되었다. 시간 가는 줄도 모르고 알고리즘을 따라 영상을 보았더니, 어느 순간부터 호정은 생각나지 않았다. 나는 어쩌다가 설치류 영상을 보기 시작했는지를 잊고 유튜브를 틀어 놓은 채 새벽 늦게 겨우 잠들었다.

## 2. 테니스장 옆 하수구

☞ 우울증 근본 치료/항우울제를 대신하는 자연치료/약(화학물질 덩어리)에 의존하는 게 위험한 이유

☞ 성공하는 사람들의 습관-떨쳐 내고 미래로 전진하라

아빠가 보낸 유튜브 영상 링크는 제목만 읽고 삭제했다. 목이 말라 정수기에서 물을 받아 마시는데 나를 부르는 소리가 들렸다.

"그동안 어떻게 지내셨어요?"

진료실 의자에 앉자 의사가 물었다. 나는 고개를 숙이고 체육복 바지에 솟은 보풀을 잡아 뜯었다.

"교내 추모제가 흐지부지될 것 같아요."

"그래요? 왜요?"

"나서서 진행하는 사람이 없으니까 진전이 안 되나 봐요. 준비단 애들이 다 흩어졌대요. 아예 해체됐다고 해요."

"누구 적극적으로 끌고 가는 친구가 있다고 하지 않았나요?"

"맞아요. 있었어요. 한 명만 그랬던 게 아니라, 시작할 땐 다들 열심히 했죠. 마음먹은 것만큼 수월하게 진행되진 않았지만."

"연서 씨가 많이 힘들어했었죠. 연서 씨랑 자꾸 싸우는 친구가 있어서요. 말만 하면 반대하고, 자기 고집대로 하려고 한다고요."

"맞아요, 엄청나게 싸웠죠."

"그렇게 열심인 친구가 있는데 어쩌다 해체되었을까요?"

"모르겠어요. 저는 이제 준비단에 없으니까요. 제가 나오고도 또 누군가와 싸우거나 했겠죠. 근데 아직 뭘 하는 것 같기도 하고요. 사실 진짜 해체된 게 맞는지도 모르겠어요. 소문만 그렇게 도는 걸 수도 있어요."

"그건 왜 그렇게 생각해요?"

의사가 물었다. 나는 계속되는 질문에 조금 피곤해졌지만 자세를 고쳐 앉으며 얼마 전에 보았던 광경을 떠올렸다.

"준비단 애들이 교육청 앞에서 플래카드 들고 있는 걸 봤거든요. 그런 걸 보면 아직 활동을 하는 게 아닌가……. 적어도 계속 모이기는 한다는 거잖아요. 교내 추모제 준비를 하고 있는지까지는 모르겠지만요."

"연서 씨는 준비단에서 완전히 나온 건가요?"

"나가겠다고 말한 적은 없는데, 그냥 그렇게 됐나 봐요."

"준비단에서 나왔는데도 준비단 친구들에게 관심이 많네요?"

"관심이 많은 건 아니에요."

"계속 지켜보고 있는 것 같아서요."

"눈에 띄면 보죠. 일부러 찾아보는 건 아니에요."

의사는 모니터로 시선을 돌리며 무언가를 입력했다. 나는 타이핑하는 의사의 손을 응시했다.

"아버지와는 어때요? 학교에 찾아가서 화내신 후랑 비교하면요."

"똑같아요. 조금 더 어색해졌나?"

"여전히 병원 다니는 건 반대하세요?"

"상담은 둘째 치고 약 먹는 걸 싫어하세요. 좀 전에도 무슨 이상한 유사과학 유튜브 영상 보내셨어요. 그런 거 만드는 사람들 진짜 악질이에요. 저한테 보내는 것도 보내는 건데, 아빠가 그만 좀 보셨으면 좋겠어요."

"아버지가 그런 영상을 보는 게 싫어요? 왜요?"

"글쎄요. 우리 아빠가 그런 걸 믿는 사람이라는 게 싫은 건가…… 아니면 결국 저한테도 영향이 오니까 싫은 건가……."

"아버지가 영상을 보내실 때면, 연서 씨 기분은 어때요?"

"이제는 그러려니 해요. 아빠는 저랑 너무 다른 사람이라서요. 마음을 굳게 먹으면 정신력으로 뭐든 해결할 수 있다고 믿는 분이세요. 마음을 굳게 먹어라, 연서야. 그렇게 이겨 내는 거야. 이

일이 너를 더 강하게 만들 거야. 너는 살 운명이었던 거야. 너는 네가 생각하는 것보다 훨씬 강한 아이야. 너 스스로 그걸 믿어야 해. 늘 그러시거든요."

"연서 씨는 그런 말을 들으면 무슨 생각이 들어요?"

"잘 모르겠어요. 와 닿지는 않는데, 대충 좋은 말 같아요. 강하면 좋죠."

의사는 다시 키보드를 두드려 무언가를 입력했다.

나는 한 번 더 중얼거렸다.

"강하면 좋죠."

"왜요?"

"잊고 나아가야 하니까요."

"잊어야 한다고 생각하세요?"

"생각하면 우울해지니까요. 곱씹어서 좋을 게 없는 건 맞는 것 같기도 해요. 이젠 많이…… 일상으로 돌아갔다는 느낌이 들어요. 그날 입었던 옷, 신었던 신발, 들었던 가방, 전부 버렸고요. 생각나게 하는 물건도 다 버렸거든요. 정말 아끼는 것도 있었는데. 원래대로 돌아가려고 정말 노력을 많이 했어요. 어느 정도는 그렇게 된 것 같아요."

"물건을 버리면 원래대로 돌아가나요?"

"원래대로 돌아가기 위해서 물건을 버린 거죠. 과정이라고 생각해요."

"연서 씨 자신이 원해서 그렇게 한 건가요? 연서 씨는 그 물건을 버리고 싶었어요?"

"왜 선생님은 답은 안 알려 주고 질문만 하세요?"

의사는 또 대답 없이 뭔가를 입력했다. 대체 뭐라고 써 대는지 보고 싶었으나 말해 봤자 보여 주지 않으리라는 것을 알고 있었다.

"지난주에도 비가 왔잖아요."

의사가 말했다.

나는 바닥에 내려 두었던 가방을 무릎에 올렸다. 팔에 힘을 주어 가방을 세게 끌어안았다. 가방 안에 든 책의 모서리가 거슬리게 팔뚝을 쿡 찔렀다.

"이때가 많은 분이 힘들어하는 시기예요. 딱 일 년이 지나는 시기가요. 마음을 주의해야 한다고, 저는 말씀드려요."

"그런가요."

"어떤 것 같아요? 비 오는 날에. 좀 괜찮아요?"

"괜찮죠. 저 비 오는 날 좋아해요. 시원하잖아요. 저는 우산도 안 써요. 인터넷에 그 짤 아세요? 우산은 가슴속에 쓸어내릴 게 없는 놈이나…… 모르세요? 그거 진짜 웃긴데. 그림체가 선생님 세대 만화일 것 같던데 왜 모르시지. 아무튼 저는 우산 안 써요."

"우산은 쓰셔야죠. 비 맞으면 건강에 안 좋아요."

"써야 하면 써요. 집으로 가는 길에 비가 오면 안 쓴다는 거예요. 집에 가서 씻으면 되니까요."

나에게 주어진 시간은 삼십 분이었다. 시간을 다 채우지 않고 일어섰다. 싸우자고 가는 건 아닌데, 상담이 끝나고 나면 언제나 싸우고 나온 기분이 되었다.

정해진 상담은 오늘이 마지막이었다. 앞으로는 약을 받기 위해 치르는 짧은 면담 외에는 길게 이야기할 필요가 없었다. 나는 숨을 깊게 들이쉬었다가 내쉬었다.

책상에 올려 둔 약봉지가 사라지고 없었다.

부엌에서 상비약을 모아 둔 선반을 뒤적거렸다. 방문 열리는 소리가 들렸다. 나는 돌아보지 않고 계속해서 선반을 뒤적였다. 각종 소화제, 제산제, 진통제만 보일 뿐, 내가 찾는 약봉지는 나타나지 않았다.

"뭐 찾아?"

아빠가 말했다.

"저 자기 전에 먹는 약 어디 있어요?"

내가 물었다.

"이제 약은 웬만하면 먹지 마."

"아빠가 버렸어요?"

"담임 선생님 전화 받았어. 네가 수업 시간마다 엎드려 있거나 딴짓한다고. 약 안 먹을 때는 이 정도로 집중 못 하진 않았잖아. 그만 먹을 때 됐어. 자기 전에 핸드폰 하지 말고, 눈 감고 호흡을 가다듬어 봐. 잠이 올 거야. 약에 너무 의존하는 건 위험해."

아빠는 그렇게 말하고선 안방으로 들어가 버렸다.

결국 자정이 넘도록 잠들지 못했다. 침대에서 일어나 방문을 열어 보았다. 거실은 깜깜했고 아빠 방문은 굳게 닫혀 있었다. 방문 밑으로 새어 나오는 불빛도 없었다.

조용히 현관으로 향했다. 혹시 아빠 방 쪽에서 인기척이 들릴까 봐 신경이 곤두섰다. 현관문을 열고 나와 조심스럽게 닫았다. 제법 큰 소리가 났다. 도망치듯 엘리베이터에 올라탔다. 아파트 단지를 완전히 빠져나온 후에야 마음이 안정되었다.

마음대로 내 약을 버리다니. 아무리 아빠라도 너무한 짓이다.

아니지, 내가 바보였다. 아빠가 싫어한다는 걸 알면서, 부주의하게 아빠 눈에 띄는 곳에 약을 놓았다. 책가방에 넣어서 가지고 다니든지 해야 했다.

아빠가 나를 신경 쓰기 시작한 것은 그날 이후의 일이다. 아빠는 원래 세심한 사람도 극성맞은 사람도 아니었다. 그런데 그날 이후로는 '세상에서 가장 좋은 아빠'라고 불리고 싶기라도 한 것처럼 행동했다. 보여 주려는 상대가 누구인지는 모르겠다. 동네 사람들일 수도 있고, 학교 선생님이나 애들일 수도 있겠지. 아니면 아빠 자신에게 보여 주기 위한 것일 수도.

아빠와 보내는 시간은 언제나 어색했다. 크면서 어색해진 게 아니라 어렸을 때부터 그랬다.

엄마와 아빠가 함께이던 시절, 아빠는 나를 키우는 것이 까다롭다고 했다. 아빠가 그렇게 한탄하는 것을 들은 적이 있다. 아빠는 나를 알기 위해 어떤 노력도 들이지 않으면서 모든 문제를 내 탓으로 돌렸다.

초등학교 저학년 때, 아빠는 주말마다 나를 데리고 야구장에 다녔다. 심드렁하게 구는 나를 보며 아빠는 내가 룰을 이해하지 못해서 그렇다고 했다. 일단 룰을 이해하면 재미있어질 것이라고. 하지만 그건 틀린 생각이었다. 나는 야구의 룰을 정확하게 이해하고 있었다. 아빠가 응원하는 팀, 아빠가 나에게 '물려주고' 싶어 하는 팀이 이기든 지든 아무 감흥이 없을 뿐이었다.

아빠의 야구 사랑은 지금까지도 이어지고 있다. 밤마다 거실 TV로 야구 하이라이트 영상을 본다. 나는 거실에 아빠가 나와 있는 동안에는 방에서 문제집을 풀거나 유튜브를 보다가, 아빠가 안방으로 들어가는 소리가 들리면 그제야 거실로 나갔다. 아빠와 나의 사이는 그런 정도였다.

하천 산책로를 따라 무작정 걸었다. 걷다 보면 피곤해질 테고, 피곤해지면 잠이 오겠지 싶었다. 견딜 수 없을 만큼 피곤해질 때쯤 집으로 돌아가자고 생각했다.

바닥에 드리운 그림자를 보며 걸었다. 어디선가 시끄러운 소리가 들려 고개를 들었다. 크고 선명한 울음소리였다. 흔히 들어 왔던 개구리 소리와는 달랐다.

그것은 왝, 왝, 왝, 하면서 울고 있었다.

산책로 옆 테니스장 방향으로 걸음을 옮기자 울음소리가 더욱 커졌다. 테니스장은 어두웠다. 넘어지지 않기 위해 핸드폰 플래시를 켜야 했다.

테니스 코트 옆으로 네모난 하수구 구멍이 뚫려 있었다. 얼마 전에 내렸던 비 때문인지 근처의 하천 때문인지, 하수구 주위의 흙 색깔이 다른 곳보다 조금 진했다. 평소에 오가다 하수구에 물이 차올라 있는 것을 본 적도 있었다. 음습하니 작은 생명체가 서식하기 딱 좋은 장소였다.

하수구에 가까워질수록 울음소리가 커졌다. 뭔가가 있다면 저 아래일 것이다. 중학교 수련회 때 갔던 숙소 밖의 하수구에서 우는 개구리를 찾았던 기억이 있다.

가슴이 두근거렸다. 조그마한 연두색 개구리가 하수구 밑에 앉아 있는 모습이 머릿속에 그려졌다. 하지만 개굴개굴 울지 않는 걸 보면 개구리는 아니고 비슷한 종이겠지? 작고 귀여운. 왠지 초록색은 아닐 것 같고, 황색이나 검은색이 아닐까?

핸드폰 플래시로 하수구 아래를 비춰 보았다.

어둠 속에 한 쌍의 눈동자가 있었다. 그건 사람의 눈이었다.

새하얀 흰자와 조명을 받아 쪼그라든 동공이 나를 똑바로 올려다보고 있었다. 검은 물 위로 얼굴만 둥둥 띄운 채 입을 뻐끔거렸다. 왝, 왝, 하는 울음소리가 입술 움직임에 맞춰 울려 퍼졌다.

나는 비명을 지르며 도망쳤다.

집으로 돌아와 침대에 드러누웠지만 벌렁거리는 심장박동이 가라앉지 않았다. 덜덜 떨리는 손으로 핸드폰을 꺼냈다. '하수구', '하수구 생명체', '하수도 인간' 등으로 단어를 섞어 가며 검색해 보았다.

도시 괴담이 많이 올라오는 한 인터넷 게시판에서 십오 년 전쯤 작성된 게시물을 발견했다. 충청도와 전라도 지방에 하수도 아래 깊은 곳에서 서식하는 '반 인간 반 파충류'가 있다는 내용의 괴담이었다.

반 인간 반 파충류, 일명 반인반파들은 아주 오래전 충청도 산간의 몇몇 마을에서 살았으나, 서식지 개발 문제로 인간에게 상처를 받은 뒤 하수구 아래로 거처를 옮겼다. 인간의 눈에 띄는 것을 극도로 싫어하지만, 한편으론 인간 때문에 빼앗긴 지상의 공기를 그리워한다. 한밤중에 하수구 아래를 내려다보면 재빠르게 모습을 감추는 반인반파의 꼬리를 발견할 수 있을지도 모른다.

하지만 호기심으로 반인반파에게 접근했다가는 그들의 세계에 매혹당할지도 모르니 주의할 것. 한번 지하 세계에 발을 들이면, 다시는 지상으로 돌아올 수 없으므로.

잔디에 무릎을 꿇고 앉아서 하수구를 내려다보자 지독하게 시큼한 냄새가 코를 찔렀다.

내가 본 건 정말로 무엇이었을까? 헛것은 아니었을까?

냄새를 견뎌 가며 무언가에 이끌리듯 고개를 더욱 숙였다. 그날 마주한 눈동자가 자꾸만 떠올랐다. 그 번뜩이던 한 쌍의 눈동자가 나를 여기까지 불러낸 걸지도 모른다.

핸드폰 플래시를 켰다. 새까만 어둠 사이에서 서서히 사람의 얼굴이 떠올랐다. 코끝부터 수면으로 올라오더니 이내 얼굴 전체가 드러났다.

목젖이 튀어나온 것으로 보아 남자아이였다. 머리카락은 짧았는데, 앞머리가 물에 젖어서 가닥가닥 갈라진 채 이마에 달라붙어 있었다. 목 아래로는 물에 잠겨 보이지 않았다. 물에 젖은 피부는 비늘처럼 미끈해 보였다. 절반은 인간이고 절반은 파충류라는 게시물의 내용이 떠올랐다.

하수구 덮개의 그림자가 얼굴 위로 드리워져 있었다. 곧게 뻗은 그림자들이 꼭 철창처럼 보였다. 철창 너머에 갇혀 있는 것 같아 갑갑해 보였다. 그건 어느새 내가 잘 알게 되어 버린 감정이기도 했다.

'왝왝이'는 내가 하수구 인간(아마도 반인반파겠지만)에게 붙인 이름이다. 개굴개굴 우는 개구리, 왝왝 하고 우는 왝왝이. '하수구 인간'이나 '반인반파'보다야 훨씬 귀여웠다.

왝왝이는 하늘을 올려다보고 있었다. 나는 왝왝이의 눈동자를 따라 하늘을 보았다. 밤하늘에는 별이 없었고 매연을 닮은 구름만 천천히 떠내려가는 중이었다.

하늘을 보던 눈동자가 데굴 움직이더니 나를 향했다. 고개는 가만히 있고 눈동자만 이리저리 굴러다녔다.

"안녕?"

먼저 인사를 건넸다. 왝왝이는 대답 대신 눈을 두 번 깜박였다. 입술은 굳게 다물려 있었는데, 왝왝거리는 울음소리는 여전히 사방에서 들려왔다.

"이 소리, 네가 내는 게 아니었구나?"

"당연하지."

왝왝이가 대답했다. 상상했던 것과는 달리 발음이 또렷하고 평범한 목소리였다. 학교 복도를 지나다 들어 본 적 있는 것처럼 귀에 익었다. 친숙하게까지 느껴지는 목소리가 하수구 아래의 얼굴로부터 흘러나오자 위화감이 들었다.

"내가 뭐 하러 이런 소리를 내겠어? 이건 맹꽁이 울음소리야."

"저번에는 왜 입을 뻐끔거리고 있었어? 그것 때문에 네 울음소리인 줄 알았어."

"뻐끔거린 게 아니야. 인사를 하려고 했는데 네가 도망쳐 버렸잖아. 놀라야 하는 건 나인데 말이야. 너 때문에 얼마나 눈부셨는지 알아?"

왝왝이가 언짢은 표정으로 말했다.

"미안."

내가 사과했다.

"괜찮아. 네가 소리를 지르고 도망가는 건 좀 웃겼지."

왝왝이가 키득거렸다. 정신없이 달아났을 내 모습이 떠올라 부끄러웠다.

"이게 맹꽁이 울음소리라고 했지? 왝왝거리는 소리?"

"응."

"그럼 너는 뭐야?"

"나? 나는 사람이지."

"반인반파?"

"뭐?"

"반은 인간, 반은 파충류."

"무슨 헛소리야. 난 그냥 인간이야."

"인간인데 왜 그 아래에 있어?"

왝왝이가 머뭇거렸다. 나는 왝왝이의 대답을 기다렸다.

잠시 후 왝왝이가 퉁명스레 입을 열었다.

"……아래에 있을 수도 있지. 여기에서 지내는 인간들도 있어."

"아래? 어디에? 어떤 인간들?"

"그런 거만 물어볼 거면 그만 가."

나는 왝왝이가 무언가를 얼버무리고 있다는 인상을 받았다. 왝왝이의 얼굴이 물 아래로 조금씩 가라앉았다.

"잠깐만!"

나는 다급히 왝왝이를 불렀다. 내려가던 얼굴이 멈췄다.

"가지 마. 그만 물어볼게. 궁금해서 그랬어."

왝왝이가 경계하는 눈으로 나를 보았다. 나는 조마조마한 마음으로 말을 이었다.

"오늘 여기 오면서, 너를 다시 볼 수 있으면 좋겠다고 생각했어.

그날 널 보고 소리를 지른 게 미안하기도 했고."

왝왝이의 눈빛이 조금 누그러들었다.

"그래서 네가 나타났을 때 기뻤어."

왝왝이는 나를 빤히 쳐다보다가 물었다.

"너는 그 한밤중에 왜 돌아다니고 있었던 거야?"

나는 산책하고 있었다고 대답하려다가 멈췄다. '산책하고 있었다'는 적절한 대답이라고 할 수 없었다. 왝왝이는 내가 왜 그 시간에 그곳을 떠돌고 있었는지 물어본 것이었다. 하지만…….

"그냥 산책 중이었어. 잠이 안 와서."

왝왝이가 고개를 끄덕였다. 고개의 움직임을 따라 수면이 흔들렸다.

"왜 잠이 안 왔는데?"

"너도 그런 건 물어보지 마."

내가 맞받아쳤다. 왝왝이는 기분이 나쁘진 않은 듯 웃었다.

"너야말로 왜 그러고 있었던 거야?"

"지상 사람이랑 얘기해 보고 싶어서."

"지상 사람?"

"여기에선 너희를 그렇게 불러."

"그럼 너희는 지하 사람이야?"

"아니. 우리는 그냥 사람이지."

꽥꽥이가 한심한 질문을 들었다는 표정으로 말했다.

“요즘 지상은 어떤지 궁금해서 물어보고 싶었어. 우리 세계의 하늘이 지상의 하늘과 같지는 않으니까.”

꽥꽥이가 말했다.

“궁금하면 올라와서 구경하면 되잖아.”

“내가 나갈 수 있는 건 여기까지야. 이 이상 올라갈 수는 없어.”

아래에서 지내는 사람들. 나 같은 애를 ‘지상 사람’이라고 부르는 사람들. 머릿속으로 그림을 그려 보았다. 그곳의 날씨는 어떠할까. 그곳의 계절도 여기와 같을까. 그곳에도 비 내리는 소리에 잠 못 드는 날이 있을까. 꽥꽥이가 지상을 궁금해하듯, 나도 꽥꽥이의 세상에 대해 알고 싶은 것이 생겨났다.

“지상에 대해 궁금한 게 있으면 나한테 물어봐. 내가 아는 건 전부 말해 줄게.”

나는 엄지로 나 자신을 가리켰다. 꽥꽥이의 얼굴에 작은 미소가 떠올랐다.

“다음에 또 만나려면 어떻게 해야 해?”

내가 물었다.

“오늘처럼 여기로 와서 기다려. 그러면 내가 보러 나올게.”

나는 고개를 끄덕였다. 어쩐지 가슴이 두근거렸다.

“네 이름은 뭐야? 나는 이연서라고 해.”

"내 이름?"

왝왝이의 눈동자가 하늘을 향했다.

"이름……."

왝왝이는 한참을 망설였다. 아무래도 대답하기 곤란한 모양이었다.

"알려 줄 수 없으면 내가 부르고 싶은 대로 불러도 돼?"

"그렇게 해."

"그럼 왝왝이라고 부를게."

"왝왝이? 그게 뭐야."

왝왝이가 눈썹을 찌푸렸다.

"개굴개굴 우는 개구리처럼, 네가 왝왝 하고 우는 왝왝이인 줄 알았어."

"왝왝이, 웃기네. 그렇게 부르고 싶으면 그렇게 불러."

왝왝이가 웃었다. 내가 붙여 준 별명을 왝왝이가 마음에 들어 하는 것 같아서 기뻤다.

당사자의 허락도 떨어졌으니 이젠 거리낌 없이 부를 수 있다. 왝왝이의 진짜 이름 같은 건 중요하지 않았다. 끝까지 알지 못한다고 해도 상관없을 것 같았다.

# 3. 슬퍼할 자격

ㄴ학교는 지들만 쓰나? 고3은 수능이 코앞인데.

ㄴ그 일이 학교랑 무슨 상관이라고 심란하게 만드는지 모르겠다. 그날 그 버스에 ㅈㅅㅇ이 있었던 건 우연 아닌가. 학교에서 ㅈㅅㅇ을 버스에 태운 것도 아니고.

ㄴ죽기 전에는 그런 애가 우리 학교에 다니는 줄도 몰랐던 사람이 더 많을 듯.

작년 정수연의 책상에는 편지며 포스트잇, 국화꽃 같은 것이 한가득 놓여 있었다. 아이들은 수업을 듣다가도 힐끔힐끔 빈 책상을 돌아보았다. 쉬는 시간에 모여 있다가 돌연 울음을 터트리기도 했다.

정수연이 교실에 있을 때보다 정수연이 없어진 후에 그 이름은 더 자주 들렸다. 아닌가. 전에는 내가 흘려 넘겼던 것일 수도 있겠다. 나도 정수연이랑 가까운 사이는 아니었으니까. 정수연과 나의 관계를 정의하자면 반 친구, 딱 그 정도였다.

나는 교실에 사람이 없는 틈을 타서 아이들이 정수연의 책상에 붙이고 간 포스트잇을 읽곤 했다. 다른 사람이 있을 땐 정수연의 책상 쪽으로는 시선도 주지 않았다. 정수연의 빈자리를 의식하는 모습을 보이기 싫었다. 정수연과 나를 놓고 어떤 말이 오갈지 상상하는 것이 괴로웠다.

원래는 아이들이 오가는 복도에도 추모 공간이 마련되어 있었다. 그곳의 게시판에도 포스트잇이 한가득 붙어 있었다. 학생들이 쓴 것부터, 학부모와 선생님들이 쓴 것까지 다양했다.

겨울의 어느 날이었다. 정수연의 책상도, 복도의 추모 공간도 사라졌다. 미리 고지된 적 없는 철거였다. 정수연의 친구들, 그날 어머니를 잃은 남자애, 그리고 호정처럼 그날의 일에 대해 자주 이야기하던 아이들은 크게 분노했다.

누구한테 어떻게 항의해야 하는지는 아무도 몰랐다. 무작정 교무실에 찾아가 사라진 것들에 관해 물었다. 이 자리에 있는 선생님이 모른다고 하면 저 자리에 있는 선생님을, 이번 층에 있는 선생님이 모른다고 하면 다음 층에 있는 선생님을 찾아갔다. 한참을 수소문한 끝에, 추모 게시판의 행방을 안다는 선생님을 찾았다.

"게시판은 학교에서 잘 보관해 뒀어. 막 떼 가려는 애들도 있고 그래서. 안전한 곳에 보관 중이니까 걱정하지 마."

아이들은 게시판을 보관해 둔 장소가 어디인지 물었다. 선생님은 그 질문에는 대답하지 않았다.

선생님을 찾아갈 때, 나는 머릿수를 채운다는 생각으로 따라가 애들 뒤에 서 있었다. 맨 앞줄에 서서 따졌던 적은 없다. 그렇게 맞서 봐야 달라지는 게 없다고 생각했기 때문이다.

그렇게 애들을 따라다니던 어느 날, 담임 선생님에게 전해야 할 것이 있어서 교무실을 찾았다. 열린 문틈으로 선생님의 목소리가 선명히 들려왔다. 선생님은 누군가와 통화를 하는 중이었다. 나는 숨을 죽이고 통화 소리를 훔쳐 들었다.

"진짜 미치겠어. 연서 아버님이 그 판때기 좀 치우라고 하도 뭐라 해서 치운 건데, 정작 애는 그거 어디 갔냐고 돌려달라고 난리고. ……아니, 치우긴 치워야 해, 민원 많이 들어와서. 연서를 어떻게 하느냐가 고민이지."

선생님의 통화는 꽤 오래 이어졌다. 통화 상대에게 억울함을 토로할 때면 목소리가 일시적으로 커졌다. 나는 손톱 옆의 거스러미를 뜯었다.

"말했다가 선생이 학생이랑 부모 이간질하는 것처럼 보이면 어떡해. 둘이 싸우기라도 하면 아버님이 또 학교로 항의할 거 아냐.

중간에서 나만 죽어나지. 아니, 진짜로, 이게 학교가 처리할 일이냐? 난 진짜 모르겠다. 가정에서 해결해야 하는 일을 어디까지 교사한테 떠넘기려는 건지. 네가 몰라서 그래. 그 집 아버님 성격 장난 아니야. 진짜 힘들어."

나는 아빠의 얼굴을 떠올렸다.

뒤이어 담임 선생님의 얼굴을 떠올렸다.

함께 몰려다니고 함께 화냈던 아이들의 얼굴도 떠올렸다.

온갖 얼굴을 생각나는 순서대로 곱씹으면서 화장실로 달려갔다. 그리고 거울 속 나의 얼굴을 응시했다.

나는 이제까지 이런 얼굴로 준비단 활동을 하고 있었던 걸까?

그날 이후로는 추모 게시판을 찾으러 다니는 것을 그만두었다.

나는 그만두었지만, 아이들은 멈추지 않았다. 끝내 추모 게시판의 행방을 알아냈다. 강당 옆 창고에 있다는 정보를 입수한 것이다.

아이들은 곧장 창고로 달려갔다. 게시판은 겹겹이 쌓인 초록색 매트 뒤편에 처박혀 있었다. 매트를 치우고 간신히 게시판을 끄집어냈다. 빼곡히 붙어 있던 포스트잇은 창고 바닥 여기저기에 떨어져 있었다.

"이게 어떻게 보관해 둔 거야, 버린 거지."

누군가가 울먹이는 목소리로 말했다.

추모 게시판을 찾았을 때, 그곳에 있던 아이들 여럿은 이미 울고 있었다. 이유는 제각각이었다. 누구는 게시판을 찾은 것이 기뻐서, 누구는 선생님들의 태도가 분해서, 누구는 창고의 공기가 차갑다는 것이 슬퍼서.

눈에 보이는 포스트잇을 전부 줍고, 주변의 매트와 뜀틀을 밀고 끌어 가며 떨어진 포스트잇이 또 있는지 확인했다. 적어도 창고 안에는 놓친 포스트잇이 없다는 것을 확실히 한 뒤에야 창고를 나섰다.

아이들은 오래되어 이젠 사용하지 않는 작은 미술실에 둥그렇게 모여 앉아 며칠에 걸쳐 게시판 보수 작업을 해 나갔다. 부옇게 내려앉은 먼지를 떨고 닦았다. 찔리면 피가 날 것처럼 날카롭게 깨진 모서리에는 테이프를 붙였다. 구겨졌거나 떨어질 듯 달랑거리는 포스트잇을 반듯하게 정리했다.

떨어졌던 포스트잇을 제자리에 돌려놓는 작업이 제일 어려웠다. 아이들은 그것을 아무 곳에나 붙이는 게 아니라, 처음 있던 자리에 돌려놓고 싶었다.

어느 포스트잇이 어느 자리에 붙어 있었는지 전부 외우는 사람은 없었다. 드문드문 떠오르는 기억을 서로 공유하며 몇 개를 제자리에 돌려놓았다. 그러고도 자리를 찾아가지 못한 포스트잇이 잔뜩 남았다.

그러던 중 누군가가 SNS에서 추모 게시판을 찍어 둔 사진을 찾았다. 게시판이 철거되기 전에 며칠 간격으로 찍은 사진 여러 장이었다. 사진을 확대해 가며 포스트잇의 자리를 알아냈다. 마스킹테이프를 사용해서 다시 떨어지지 않도록 단단히 붙였다.

모든 작업이 끝난 후에 선생님에게 깨끗해진 게시판을 들고 가서는 놓을 장소를 마련해 달라고 요구했다. 이전 복도처럼 전교생이 지나다니며 볼 수 있는 곳으로 달라고 했다. 선생님은 회의 후 알려 주겠다고 말하고는 소식이 없었다. 그 뒤로는 어떻게 진행되었는지 모른다.

이건 처음부터 끝까지 전해 들은 얘기다. 나는 그날 작은 미술실에 없었다. 담임 선생님의 통화를 엿들은 이후로는 그쪽 일에 직접적으로 관여하지 않으려 했으니까.

그래도 소식은 계속 들을 수 있었다. 게시판을 찾으러 다니던 아이들 중 한 명이 나에게 매일 전화를 걸어 댄 덕분이었다.

처음에 그 아이는 내가 항의를 그만둔 것을 서운해했다. 나는 그만둔 이유를 말하지 않았고, 그 아이는 나를 이해하지 못했다. 복도 한가운데에서 목소리를 높여 가며 싸웠던 것 같다. 친구들은 걔가 좀 이상한 애라며 나를 위로했다. 위로를 받아도 기쁘지 않았다.

그날 밤, 그 아이에게서 전화가 왔다. 소리를 질러서 미안하다고 했다.

"아직도 화났어?"

그 아이가 물었다. 나는 대답하지 않았다.

그날 이후로 그 아이는 매일 밤 나에게 전화를 걸었다. 창고에서 게시판을 찾은 날에도 전화가 왔었다.

"게시판을 찾았어. 지금은 엉망인데, 고쳐 보려고. 그런데 문제가 있어."

"뭔데?"

"떨어진 포스트잇을 다시 붙여야 하는데, 어디에 붙일지를 모르겠어."

"그냥 빈 자리 있는 데에 붙이면 되잖아."

"그러기가 싫어. 원래 있던 자리에 붙이고 싶어. 포스트잇을 쓴 사람이 붙여 둔 자리에. 나름대로 고민하고 붙였을 거잖아. 그게 이런 식으로 뒤섞이는 게 싫어."

"의미가 있나."

"가끔은 의미가 없어도 하고 싶은 일이 있어. 애들도 할 수 있는 데까지는 해 보고 싶어 해."

애들은 모르고, 나와 그 아이만 알고 있는 이야기가 하나 있다. 게시판을 찍어 둔 사진에 관한 것이다. 그 아이가 SNS를 뒤져 찾은 것이라며 아이들에게 가져간 사진들은, 사실 내 핸드폰에 있었던 것이다.

"나한테 사진이 있어. 그걸 보면서 맞춰 봐."

나는 그렇게 말하면서 그 아이에게 사진을 보냈었다.

이것이 모든 포스트잇이 제자리를 찾아가게 된 경위이다.

정수연의 사십구재가 지나고 정수연의 어머니는 우리 반에 햄버거 세트를 돌렸다. 나는 배고프지 않았지만 급하게 햄버거를 먹어 치웠다. 크게 베어 물고 제대로 씹지도 않고 삼켰다. 다섯 입 만에 햄버거가 사라졌다.

가슴이 갑갑했다. 딸꾹질 같은 트림이 나왔다. 한 손으로 가슴을 두드리면서 콜라를 벌컥벌컥 들이켰다. 반 애들이 놀란 눈으로 나를 보았다. 애들의 손에는 절반도 넘게 남은 햄버거가 들려 있었다. 그 사이로 김정민의 얼굴이 보였다.

주먹을 쥐어 햄버거 포장지를 구겼다. 작고 동그란 공 모양이 될 때까지 꾹꾹 눌렀다. 손마디에서 소스 냄새가 진하게 풍겼다. 속이 울렁거렸다.

결국 쉬는 시간에 화장실로 달려가 전부 토했다. 손등으로 입을 문지르면서 변기 칸 밖으로 나오는데, 세면대 앞에 있던 김정민과 눈이 마주쳤다.

"방금 토한 거 너야?"

김정민이 물었다. 나는 아무 말도 하지 않았다.

"소리 듣고 깜짝 놀랐어. 너 아까 엄청 빨리 먹더라. 저러다 체하지 싶었어."

김정민이 가까이 다가왔다. 나는 어깨를 뒤로 빼며 몸을 틀었다. 김정민은 내가 비틀거린 줄 알았는지 놀란 눈을 했다.

"괜찮아?"

"너는 아까 햄버거 안 먹었어?"

"나? 나도 먹었지."

"다 먹었어?"

"응, 근데 너처럼 급하게 먹진 않았지. 왜 그렇게 급하게 먹었어. 그러니까 체하잖아."

김정민이 말했다.

너는 왜 안 체하니? 체할 거면 네가 체해야지.

목구멍 끝까지 올라온 말을 겨우 삼켰다. 입술을 안으로 말아 물고 잘근잘근 씹었다. 역한 맛이 났다. 어서 물로 헹궈 내고 싶었다.

김정민의 얼굴에다 쏟아 내고 싶은 말이 있었다.

햄버거를 먹으면서 네가 정수연을 두고 했던 말들이 생각나진 않았어? 수연이 어머니에게 죄송하지 않았어? 부끄럽진 않았어? 정수연이 죽었다는 얘기를 들었을 때, 제일 먼저 어떤 생각을 했어? 뒤에서 정수연 무식하다고 떠들어 댔던 일을 후회한 적은 있어? 아니면 네가 정수연을 무시했던 건 싹 잊었니? 정수연이 없으니 이제 없던 일이 된 거야?

말해 버리면 김정민은 어떻게 반응할까.

하지만 나는 아무 말도 할 수 없었다. 어떤 말도 정당하게 느껴지지 않았다.

김정민의 잘못 때문이 아니다. 그 사실을 인정해야 한다. 김정민이 생전의 정수연을 무시했던 것은 정수연이 죽은 것과 완전히 별개의 사건이었다. 김정민이 나를 걱정하지 못할 이유도 없다. 김정민이 지금 나에게 말을 건네는 것은, 온전히 호의에서 비롯된 행동일 것이다. 그런데…….

"이연서?"

내가 한참을 아무 말도 하지 않고 있자, 김정민이 내 팔에 손을 얹었다.

"만지지 마."

나는 김정민의 손을 뿌리쳤다.

김정민 때문이 아니라는 걸 알면서도, 김정민도 반 친구를 잃은 아이라는 걸 알면서도, 나는 화가 났다. 나는 입술을 깨물고 걸음을 재촉했다.

"뭐야? 싸가지."

김정민이 나를 욕하는 소리가 들렸다.

누군가를 싫어하는 건 쉬운 일이다. 뒤에서 욕하는 것도, 조롱하는 것도. 욕할 거리는 얼마든지 만들 수 있다. 그러므로 김정민은 특별히 나쁜 사람이 아니다. 쉬운 일을 했을 뿐이다. 적어도 정수연의 책상 위 국화꽃을 쓰레기통에 버리거나 포스트잇을 밟고 지나가는 이름 모를 누군가보다는 김정민의 악의가 덜하리라는 것은 확실했다.

그런데 나는 왜 추모 포스트잇에 신발 자국을 남긴 애들보다 김정민을 더 미워하려고 하는 걸까.

나는 어른을 대하는 것이 어렵다. 그래서 정수연의 어머니를 만나던 날에도 잔뜩 긴장했다. 정수연의 어머니는 약속 시간보다 일찍 학교 근처 카페에 도착해서 나를 기다리고 있었다.

내가 카페로 들어서자 정수연의 어머니는 자리에서 일어나 나를 맞았다. 테이블에는 이미 조각 케이크와 마카롱 같은 것이 놓여 있었다.

"뭘 좋아할지 몰라서…… 우리 수연이가 좋아하던 걸로 시켜

봤는데. 따로 좋아하는 게 있으면 얼마든지 먹어."

정수연의 어머니는 그렇게 말했다.

나는 아메리카노를 주문해 마셨다. 정수연의 어머니는 정수연은 쓴 것을 싫어해서 아메리카노를 잘 마시지 않았다고 했다. 나도 알고 있던, 내가 정수연에 대해 아는 몇 안 되는 것 중 하나였다.

정수연의 어머니는 내가 기억하는 정수연에 관해 듣고 싶어 했다. 나와 정수연은 접점이 별로 없었기에 생각나는 일화는 하나밖에 없었다. 정수연의 장례식 이후로 매일같이 떠올린 기억. 너무 사소해서 누군가에게 말한 적 없는 기억이었다.

그 사고가 있기 전의 봄에 있었던 일이다. 내가 애용하는 화장품 브랜드에서 신제품 틴트 출시 기념으로 1+1 증정 행사를 진행했다. 반 단체 채팅방에 틴트를 함께 사서 나누어 가질 사람이 있냐고 묻는 글을 올렸다. 그러자 정수연에게서 개인 채팅이 왔다.

— 나랑 같이 사자!!

— 좋아.

— 어떤 컬러 살지 정했어? 나는 아직 못 정했어.

— 나는 3번 아니면 5번. 매장 가서 발색 테스트해 보고 정하려고.

— 맞아, 3번 예쁘더라. 언제 가게?

— 아마도 내일 학교 끝나고?

— 나도 내일 시간 돼!!!

정수연은 내가 답장할 틈도 주지 않고 연달아 채팅을 보냈다.

— 신난당ㅎ

— 떡볶이도 먹자.

학교가 끝나고 정수연과 나는 시내로 나가는 버스를 탔다. 많은 대화는 오가지 않았다. 나는 정수연에 대해 잘 몰랐고, 할 만한 얘기도 없었다. 정수연도 마찬가지인 듯했다. 정수연은 버스에서 계속 핸드폰만 봤다. 얘는 멀미를 안 하나, 그런 생각을 했던 게 기억난다.

가게 안으로 들어서자마자 틴트부터 골랐다. 정수연은 곧바로 3번 컬러를 집어 들었다. 나는 3번과 5번을 두고 오래 고민했다. 결국에는 정수연이랑 다른 걸 써 보자는 생각으로 5번 컬러를 샀다.

틴트를 사고 나와서 정수연은 배가 고프다고 했다. 가까운 분식집에서 떡볶이를 먹었다. 떡볶이를 먹고 나오자 이번에는 단

게 먹고 싶다고 했다. 정수연이 언젠가 가 볼 생각으로 지도에 북마크해 두었다는 카페에 갔다.

카페에서 정수연이 무슨 음료를 시켰던가는 기억나지 않는다. 생각해 내려 오래 노력했지만, 끝내 기억을 되살리진 못했다. 커피가 들어가지 않은, 단 음료였다는 것만 기억난다.

"그거 마시면 잠 안 오지 않아?"

정수연은 아메리카노를 마시는 나를 보고 물었다. 나는 고개를 설레설레 저었다.

"나는 아메리카노 좋아해."

"신기하다. 너 어른 같아."

"고작 이걸로?"

"어른 입맛이잖아. 나는 커피는 잘 못 마셔. 무슨 맛으로 마시는지 모르겠어. 라테도 커피 들어간 건 안 마셔. 우리 부모님은 내가 어려서 그렇대. 나중에 스무 살 넘으면 맛을 알게 될 거래. 근데 스무 살 넘는다고 맛없는 게 맛있어지나?"

"스무 살 넘어서 마셔 보면 알게 되겠지. 유명한 데 가서 잘 내린 커피 마시면 너도 좋아하게 될지도?"

"아닐걸. 난 평생 카페에서는 아이스티나 스무디만 시킬 거야."

그런 대화를 나눴던 것이 기억난다.

이튿날 화장실에서 정수연을 마주쳤다. 정수연은 손에 묻은 물을 셔츠에 닦더니 주머니에서 어제 산 틴트를 꺼내 보였다.

"이것 봐라."

"예쁘네."

"네 건 어디 있어?"

"집에 두고 왔어."

"왜? 새로 샀는데 바로 자랑해야지."

"집에서 다시 발라 봤는데 생각보다 별로여서. 그냥 3번으로 살 걸 그랬나 봐."

내가 어깨를 으쓱하며 말했다. 정수연은 고민하는 얼굴로 나를 빤히 보았다.

"여기. 이거 발라 봐."

정수연이 내게 자신의 틴트를 내밀었다. 나는 고개를 저었다.

"틴트 돌려 쓰는 거 위생상 안 좋아."

"야, 나 감기 안 걸렸어! 몇 번 쓰지도 않았어. 너 그런 거 따져?"

감기에 걸리고 걸리지 않고의 문제는 아닌데, 정수연은 억울한 듯 방방 뛰었다. 나는 결국 정수연에게서 틴트를 건네받았다. 정수연은 내가 틴트를 바르는 모습을 유심히 바라보았다.

"너한테 이 색이 잘 어울리긴 한다."

"그치? 나도 그냥 이걸로 살걸. 5번도 나쁘진 않은데, 3번이 더 예뻐."

"너 그거 가져. 나한테 5번 주고."

정수연이 선뜻 말했다. 나는 눈을 크게 떴다.

"진짜?"

"응. 나는 5번도 마음에 들었어. 바꿔 쓰자."

얼떨떨했지만 거절할 이유는 없었다. 나는 정수연이 준 틴트를 주머니에 넣었다.

다음 날, 내 틴트를 정수연에게 주었다. 정수연은 신이 난 얼굴로 그 자리에서 틴트를 바르려다 멈칫했다. 그러더니 의심스러운 얼굴로 나를 보았다.

"너도 감기 안 걸렸지?"

그랬던 적이 있었다.

정수연이 죽은 이후로 나는 자주 그날의 기억을 곱씹었다. 하지만 누구에게도 말하지는 않았다.

정수연이 죽은 후로, 정수연에 대해 뭘 안다는 듯이 떠들어대는 애들을 보면 속이 뒤틀렸다. 정수연과의 사소한 일화를 감상에 젖은 얼굴로 곱씹는 애들을 보면 소리를 내지르고 싶었다.

친했던 척하지 마. 네 감정을 과장하지 마. 정수연의 죽음을 너희의 일로 만들지 마. 슬픈 사람은 정수연의 가족이랑 친구들이야. 너희는 정수연이랑 아무 사이도 아니었잖아. 뒤에서 정수연을 욕했던 적도 있잖아.

정수연을 뒷담화하곤 했던 김정민이 정수연의 이름을 입에 올리며 슬픈 표정을 지을 때, 나는 참을 수 없었다. 심지어는 김정민을 위로하는 애들에게도 화가 났다. 너희는 김정민에게 슬퍼할 자격이 있다고 생각해?

나도 정수연이랑 아무 사이가 아니었다. 그래서 정수연의 이름을 함부로 입에 올리지 않으려고 했다. 하지만 정수연의 어머니가 수연이와 있었던 일 중에 무엇이든 기억나는 게 있다면 말해 달라고 했을 때, 나는 그날의 이야기를 꺼낼 수밖에 없었다.

"수연이랑 틴트를 사러 시내에 나갔었어요. 수연이는 예쁜 색을 골랐어요. 그런데 제가 수연이 틴트를 탐내니까 선뜻 바꿔 줬어요. 그게 고마웠어요. 진짜로 고마웠어요. 수연이도 그 색을 쓰고 싶었을 텐데."

남들이 보기에는 사소해 보일 일이라서, 의미 부여한다는 소리를 듣고 싶지 않아서, 죽은 다음에야 친한 척하는 건 아닐까 스스로가 위선적으로 느껴져서, 어디에다가도 꺼내 놓지 못했던 기억이었다.

말하다가 조금 울었다. 정수연의 어머니는 집중한 얼굴로 내 말을 듣고 있었다. 그러고는 다시 한번 이야기해 달라고 했다. 영원히 기억하려는 사람 앞에서, 나는 몇 번이고 똑같은 이야기를 반복했다.

정수연의 어머니를 만나고 나서부터 나는 정수연의 흔적을 일부러 피하지 않으려 했다. 정수연에 관한 이야기를 꺼내는 아이들의 마음을 꼬아 보지 않으려 했다. 김정민에게 못되게 굴지 않으려 했다.

김정민도 반 친구를 잃었다. 김정민도 정수연의 빈 책상이 놓여 있는 교실에서 수업을 들었다. 그때 그 버스에 있던 사람이 나나 정수연이 아니라 김정민일 수도 있었다.

누군가를 싫어할 이유는 만들려면 얼마든지 만들 수 있다. 미움을 동력 삼는 것은 세상에서 제일 쉬운 방법이다. 나는 쉬운 방법을 쓰고 싶지 않았다.

김정민에게 정수연을 그리워할 자격이 없다면, 그건 나도 마찬가지일 것이다. 나에게는 슬퍼할 자격이 있는 사람과 없는 사람을 구분할 자격이 없다. 네가 가라앉아 있는 게 수연이의 죽음 때문이라고? 네 슬픔이 진짜라는 걸 입증해. 그렇게 한 명 한 명 소거해 가고 나면 정수연의 죽음에 슬퍼할 수 있는 사람은 아주 소수만 남게 될 것이다.

그런 세상은 아주 쓸쓸할 것이다.

<교내 추모제 준비단이 역겨운 이유>

교내에서 추모제든 뭐든 관련 행사 열면 안 되는 이유 딱 정리해 준다.

정치적인 행사는 학교에서 허가해 주면 안 됨. 학교는 정치적 중립이어야 하는 공간임. 한번 열었다간 이다음에도 별별 행사 다 열겠다고 나설 거다.

안타깝지만 정 하고 싶으면 자기들 돈으로 외부 시설 대관해서 하는 게 맞다고 본다. 애초에 그 행사를 왜 우리 학교에서 해야 하는데? 그게 우리 학교 버스였나? 아니지. 그러니까 우리 학교에서 공간 내줄 의무는 없음. 정치적으로 예민한 문제 끌고 들어오면 학교 이미지에도 손해.

그럼 애초에 이런 행사를 왜 하느냐고? 이럴 때는 누가 이 행사로 이득을 보는지 생각하면 확실해진다.

생기부/자소서 이득 보는 사람 ― 방송부 ㅅㅎㅈ이랑 ㄱㅈㅇ, 학생회 ㅇㅈㅇ이랑 ㅊㅅㅎ.

결국 얘네 포트폴리오 쌓아 주기용 행사ㅇㅇ

진짜 인정할 만한 명분 있는 사람은 한 명밖에 없음.

ㅇㅇㅅ― 사고 현장에 있었으니까 인정.

솔직히 ㅇㅇㅅ는 진짜 트라우마도 있고 힘들 테니까 학교에서 배려해 주는 거 인정. 이것도 말 많은 걸로 아는데, 나는 ㅇㅇㅅ는 1주기 때 집에서 쉴 수 있게 공결 내 주는 게 맞다고 생각함. (그렇다고 무리한 요구까지 받아

주면 안 됨.)

근데 ㅇㅇㅅ 빼고 다른 애들은 지들이 뭐라고 나대는지? 작년 일인데 가족도 아니고 당사자도 아닌 애들이 트라우마에 시달린다는 게 말이 되나. 이제 그만 좀 해라.

ㄴ그거 진짜 이번 여름에 학교에서 하는 거야? 관련 없는 사람도 참석해야 하는 건 아니지? 참석 강제하면 진짜 교육청에 신고한다.

ㄴㅇㅇㅅ는 심지어 준비단 나갔다던데. 그것도 작년 겨울에. 원래 준비단 쪽에서 부탁해서 이름만 올리고 있던 거래. 결국 ㅇㅇㅅ도 이용당한 거.

ㄴ트라우마 호소인들 때문에 진짜 트라우마 있는 애만 피해 보는 거네.

ㄴ준비단 거의 해체 상태야. 작은 미술실에 사람 있는 걸 본 적이 없어. 자기들끼리 내분 난 것 같던데.

ㄴㅅㅎㅈ이랑 애들 요즘엔 교육청 앞에서 시위해. 대학 가려고 그러는 거 맞음.

ㄴ만약에 외부인 불러다가 강당에서 뭐 하면 나 애들이랑 가서 깽판 친다. 거짓말 같으면 끝까지 해 보든가.

학교 커뮤니티에 글이 올라온 것은 주말의 일이었다. 신고 버튼을 눌렀지만 몇 시간 후에도 게시물은 그대로였다.

정말로 추모제 준비단은 해체 상태인 걸까? 작은 미술실은 방치되어 있을까?

작은 미술실의 열쇠는 교무실에서 받을 수 있지만, 그건 불가능한 일이었다. 아빠 때문에 교무실의 누구도 나에게 열쇠를 내어 주지 않을 것이다.

아빠는 선생님에게 '책임을 다하지 않았다'고 말하며 화를 냈다고 한다. '애를 보호하지 않았다'고. 내가 '다른 꿍꿍이가 있는 애들'에게 '말려들었다'는 표현을 썼다. 나를 그런 애들에게 '이용당하지 않게' 보호할 의무를 학교가 방임했다는 것이다.

쪽팔려서 참을 수가 없었다. 어디 쥐구멍에라도 들어가 숨고 싶었다. 그러나 나는 아빠를 창피해하면서도 그 일에 대해 화를 내지도, 다시는 그러지 말라고도 하지 않았다.

아빠의 주장이 옳은지 그른지를 떠나, 선생님들은 또 문제가 생길 위험을 무릅쓰려 하지 않을 것이다. 그게 어른들 방식이다.

나는 아이들이 복제 열쇠를 숨겨 둔 곳을 알고 있다.

"학교에서 언제 열쇠를 빼앗을지 모르니까, 만일을 대비해서 복사해 두자."

누군가가 그렇게 제안했다. 투쟁 끝에 얻어 낸 공간이었기에, 애들은 언제라도 학교에서 공간을 줬다 뺏어 갈 수 있다는 두려

움에 떨고 있었다.

열쇠를 복사하자고 제안했던 아이와 내가 열쇠를 복사하러 갔었다. 시내 쇼핑몰 3층에 있는 열쇠방 주인아주머니는 삼십 분 뒤에 오라고 말했고, 우리는 남는 시간 동안 1층에 내려가 토스트를 먹었다.

복사한 열쇠는 두 개인데, 추모제 준비단은 모두 여섯 명이었다. 복사하자는 의견을 냈던 아이가 한 개를 보관하고, 나머지 한 개는 작은 미술실 근처에 숨겨 두기로 했다.

복도 창틀, 계단 옆 화분 등이 후보로 제시되었지만 전부 들킬 것 같았다. 결국에는 계단 벽면에 붙어 있는 커다란 거울 뒤에 숨겨 놓기로 했다. 우리는 열쇠를 검은 종이로 감싼 뒤에 거울과 벽의 틈새에 밀어 넣고 투명 테이프로 단단히 고정했다.

준비단 애들은 그날 몇 가지 약속을 했다. 추모제 준비단이 아닌 사람에게는 비상 열쇠의 존재를 알리지 않기. 우리도 정말 필요한 때가 아니라면 이 열쇠를 꺼내 쓰지 않기.

지금이 '정말 필요한 때'인가? 나는 거울 앞에 서서 생각했다. 나에게 이 열쇠를 쓸 자격이 있을까.

열쇠를 복사하자고 제안한 아이를 떠올려 보려 했다. 그 아이가 누구인지 기억나지 않았다. 호정은 아니었던 것 같고, 호정의 친구인 방송부 남자애도 아니었던 것 같다. 그러면 후보로는 학생회 애들 둘이 남는데…… 학생회 애들과 나는 그다지 친하지 않았다.

열쇠를 복사하자고 제안한 아이와 나는 제법 가까운 사이였다. 우리는 열쇠방에 간 날에 토스트 집에서 동네 고양이들 이야기를 나누었다. 나와 그 아이는 학교 안팎에서 같이 보내는 시간이 많았다.

그 아이는 누구였더라.

어쨌든, 그 아이가 누구더라도 나는 그 아이를 찾아가 열쇠를 받을 수는 없었다.

비록 자격은 없을지 모르지만, 나에게는 확인해야 할 것이 있었다. 열쇠를 거울 뒤에서 뜯어다가 작은 미술실의 문을 열었다. 창으로 비쳐 드는 오후 햇빛에 먼지가 책상 위를 날아다니는 것이 보였다. 정말로 방치된 건가. 준비단은 완전히 해체된 건가.

검은 천으로 덮인 무언가가 한쪽 벽에 기대어 세워져 있었다. 천을 치웠다. 교육청 앞에서 아이들이 들고 있었던 플래카드가 있었다. 호정이 들고 있던 것, 학생회 애들이 들고 있던 것. 지난 겨울에 내가 만든 것도 있었다. 검은 판자에 흰 종이를 붙여서, 혹은 흰 판자에 붉은 테이프를 붙여서 제작한 플래카드들.

아이들과 모여 앉아서 이걸 만들던 때가 떠올랐다. 내가 만든 플래카드를 조심스레 들어 보았다. 손에 가위 손잡이 자국이 생길 때까지 종이를 오려 붙였었다.

"학교에서 하필 미술실을 내준 게 이래선가? 무슨 공예 시간 같네."

내 옆에 앉아 있던 그 아이가 말했다. 미술실에 있던 모두가 웃었다.

사십구재를 앞두고 추모제 준비를 위해 모인 아이들은 여섯 명이었다. 그러나 지금 내 머릿속에 떠오르는 얼굴은 나를 제외하곤 넷뿐이었다.

한 사람이 더 있어야 했다.

상냥하다기보다는 조금 퉁명스러운 말투에 유달리 발음이 또렷했던. 답답한 와중에 괜히 귀만 간질거렸다.

학교가 끝나고 혜민과 놀다가 일찍 헤어졌다. 그길로 고양이 간식을 사서 하천으로 향했다.

산책로를 걷다가 다리 밑으로 들어가니 어두운 그림자 속에서 옥이가 모습을 드러냈다. 발치에 몸을 비비며 가르릉거리는 옥이의 털이 오늘따라 더 매끄러웠다.

가방을 옆에 놓고 쪼그려 앉아서 옥이의 등을 토닥였다. 가방에서 츄르를 꺼내려고 잠깐 손을 뗐더니 옥이가 새까만 솜뭉치 같은 발로 내 손목을 툭툭 건드렸다. 나는 웃으면서 옥이가 시키는 대로 등을 토닥여 주었다. 남은 손으로는 핸드폰을 꺼내 옥이의 사진을 찍었다.

바삐 산책로 곳곳을 돌아다니면서 고양이들에게 밥과 물을 주었다. 어느새 하늘이 어둑해지고 있었다. 나는 테니스장 쪽으로 향했다.

처음으로 인사를 나누었던 그날 이후, 왝왝이와 나는 만나면 사소한 이야기를 나누다가 크고 작은 언쟁을 벌이기도 하고, 어이없는 부분에서 마음이 맞아 시간 가는 줄 모르고 수다를 떨기도 했다. 왝왝이는 궁금한 것이 많았다. 지상에 관해서, 또 내 하루에 대해서 시시콜콜 질문을 늘어놓았다.

왝왝이는 내가 어떤 사람인지 모르고, 내가 어떤 상황에 놓여 있는지도 모른다. 그런 거리감이 아이러니하게도 홀가분한 느낌을 선사했다. 나는 내가 원하는 만큼만 이야기할 수 있었고, 원하지 않으면 언제든지 입을 다물 수도 있었다.

자리를 잡고 앉아서 하수구 밑을 내려다보자 왝왝이의 얼굴이 떠올랐다. 나는 왝왝이를 향해 손을 흔들었다. 왝왝이는 장난스레 고개를 흔들었다.

"오늘도 혜민이라는 애랑 놀다 왔어?"

“응. 고양이 밥도 주고.”

나는 쓰레기통을 발견하지 못해 들고 온 빈 츄르 봉지들을 보여 주었다.

“고양이?”

“나 산책로 다니면서 고양이들 밥 주거든. 그날그날 만날 수 있는 애들이 다른데, 오늘은 많이 만났어. 사진 볼래?”

나는 사진첩에서 고양이 사진을 찾아서 왝왝이에게 보여 주었다.

“안 보여.”

왝왝이가 고개를 저었다.

“안 보인다고?”

핸드폰을 돌려 보았다. 화면 가득 옥이 사진이 떠 있었다. 화면 밝기를 더 높이고 다시 왝왝이 쪽으로 핸드폰을 들이밀었다. 왝왝이는 이번에도 고개를 젓기만 했다.

“그냥 화면이 까맣기만 해.”

이상했다.

하지만 왝왝이와 이렇게 만나는 것부터가 이미 설명할 수 없는 일이었다.

나는 그냥 말로 고양이들을 소개하기로 했다.

“옥이는 까만 고양이야. 기분이 좋으면 내 다리에 몸을 문지르고 한 바퀴 돌아. 호박이는 삼색 고양인데 눈이 호박색이고, 홍차는 사람한테 경계심이 좀 있어. 홍차는 호박이 아들이야."

"이름 귀엽다. 네가 지었어?"

"아니. 어떤 애가 가르쳐 줬는데, 누구더라……."

나는 잠시 기억을 되짚으며 콧등을 찌푸렸다.

"아무튼 내가 지은 건 아냐."

"이름들이 좋다."

"그렇지?"

"나한테 지으라고 해도 그렇게 지었을 것 같아."

머릿속으로 이름을 아는 고양이들을 헤아려 보았다. 호박이, 홍차, 옥이, 땅콩이. 전부 내가 그 애들을 알기 전부터 붙여져 있던 이름이었다. 그 이름으로 부르는 게 너무 당연해서 느끼지 못했지만, 새삼 생각하니 잘 지은 이름들인 것 같았다.

꽥꽥이에게 고양이들 이야기를 한참 했다. 꽥꽥이는 지루해하는 기색 없이 들었다. 중간에 끼어들어 고양이들에 대한 질문을 던지기도 했다. 꽥꽥이도 고양이를 좋아하는 것 같아서, 다음번에 꼭 사진을 보여 주겠다고 약속했다.

테니스장에서 산책로로 올라오다가 반대편에서 걸어오는 애들과 마주쳤다. 작년에 같은 반이던 애들이었고, 그중에는 김정민도 있었다. 못 본 척 발을 돌리려는데 김정민이 인사를 건넸다.

"연서! 오랜만이야."

나는 작게 고개를 끄덕였다. 겨우 인사를 들었을 뿐인데 마음이 불편해졌다. 평범하게 대하자. 평범하게. 오랜만에 마주친 학교 친구일 뿐이다.

"어디 갔다가 오는 길이야?"

김정민이 살갑게 물었다.

"산책했어."

나는 김정민의 시선을 피하며 짧게 대답했다.

"밤에 혼자서? 산책로도 아닌데?"

김정민이 의아한 눈으로 나를 보았다. 이상하다는 시선을 보자 기분이 상했다.

"난 사람 없는 데가 좋아서."

일부러 더 퉁명스레 말하며 어깨를 으쓱했다. 김정민은 잠시 나를 살펴보더니 사뭇 걱정스러운 얼굴로 물었다.

"연서야, 요즘도 힘들어? 힘내. 모두들 네 걱정 하고 있어. 알지?"

순간 당황해서 눈물이 나올 뻔했다. 나는 고개를 숙이고 눈에 힘을 주었다.

내가 아무 대꾸도 않자 김정민의 친구가 그냥 가자며 김정민의 팔을 잡아당겼다. 김정민이 애들 손에 이끌려 나를 지나쳐 갔다.

"애가 갈수록 이상해져."

"어쩔 수 없겠지, 그런 일을 겪었으면."

"현실 감각이 없을 거야."

점점 작아지는 대화 소리가 바람에 실려 와 귀를 간지럽히고 다시 떠나갔다. 나는 오래도록 그 자리에 서 있었다. 김정민과 친구들이 떠나간 방향을 보다가, 고개를 돌려 테니스장 쪽을 보았다.

조금 전 들었던 아이들의 말소리가 머릿속을 맴돌았다.

갈수록…… 이상해…… 그런 일…… 현실 감각이…….

간신히 눌러 두었던 어떤 감정이 깊은 곳에서 소용돌이쳤다.

너무 선명한 현실이었다. 너무 가까이에 있었다.

그에 반해……

모호한 것. 현실로부터 멀리 떠나온 듯이 느껴지는 것. 마냥 즐겁고 편안한 것.

사진첩을 열어 아까 만난 옥이의 사진을 보았다. 옥이의 등을 토닥이고 있는 나의 손이 함께 찍혀 있었다. 나는 손바닥을 내려다보았다. 내가 오늘 옥이를 만났나? 정말 있었던 일인가?

조금 전까지 마주했던, 마주했다고 믿었던 왝왝이의 얼굴도 떠올렸다. 짧은 앞머리. 나를 응시하던 호기심 어린 눈동자. 왝왝이에 관해 내게 남아 있는 것이라고는 기억뿐이었다. 잊어버리면 그만인 기억.

김정민과 친구들을 마주했던 순간만이 내가 지나쳐 온 유일한 현실처럼 느껴졌다.

## 4. 잠 못 드는 밤

"너는 진짜야?"

내가 물었다. 왝왝이는 무슨 뜻이냐는 듯 눈을 깜박였다.

"네가 정말로 거기 있는 게 맞는지 모르겠어. 네가 진짜가 맞는지도."

"당연히 여기에 있고, 진짜지."

왝왝이가 말했다. 물에 젖은 그 애의 뺨은 미끈거려 보였다. 그저 물에 젖어 촉촉한 게 아니라, 오일이 묻은 것처럼 반들거렸다.

하지만 정말로 미끄러운지는 알 수 없다. 나는 왝왝이의 피부를 만져 본 적이 없으니까. 나와 왝왝이 사이에는 철창처럼 생긴 하수구의 덮개가 놓여 있다. 겨우 철창 하나지만 아득한 거리감이 느껴졌다.

"너를 진짜로 만나고 싶어. 진짜로 만나서 네가 거기에 있다는 사실을 확인하고 싶어."

"우리는 지금 만나고 있잖아. 나는 정말로 여기에 있어."

"그런 뜻이 아니야."

"무슨 말을 하고 싶은 건데?"

"네가 환상이 아니라는 걸 어떻게 알 수 있지? 네가 현실이 아니라면? 나는 어쩌면 환상을 보는 걸지도 몰라. 사람들 말대로 내가 이상한 애가 되어 버렸다면 어떡하지. 남들이 보지 못하는 걸 보는 애가, 보지 않아도 되는 걸 보는 애가 된 거라면……."

말하던 도중에 조금 울컥했다. 나는 알싸해진 코끝을 쥐었다.

"너를 정말로 안다는 느낌이 들지 않아. 네 손을 잡아 보고 싶어. 네가 정말로 존재한다는 걸 확인하고 싶어."

"내가 어떻게 해 주면 되는데?"

"만나자. 네가 올라오든지 내가 내려가든지."

"그게 가능하다면 진작 했을 거야."

왝왝이가 이어 말했다.

"나도 너를 가까이서 보고 싶어. 나는 이곳에 있고, 너는 그곳에 있으니까."

나는 가로 세로로 살이 박힌 하수구 덮개로 손을 뻗었다. 차가운 쇳덩이가 손가락에 닿았다. 이끼나 곰팡이가 피어 있는 것처럼 미끈거렸다.

"이것만 없으면 돼."

나는 이를 악물고 하수구 덮개를 잡아당겼다. 생각했던 것보다 훨씬 무거웠다. 도저히 나 혼자 들어 올릴 수 있는 무게가 아니었다.

"관둬. 그러다 다쳐."

왝왝이가 말렸지만 나는 듣지 않았다. 보란 듯이 들어 올리고 싶었다. 두 발을 땅에 단단히 디디고 덮개를 고쳐 잡았다. 온몸의 무게를 뒤로 실어 당기자 덮개가 조금 움직이는 듯한 느낌이 들었다.

그 순간 한쪽 손에 힘이 풀렸다. 잡아당기던 힘 그대로 몸이 넘어져 거의 뒤로 한 바퀴를 굴렀다. 손바닥을 보니 살이 까져서 붉게 피가 올라와 있었다.

"너 괜찮아?"

왝왝이가 걱정스레 물었다. 나는 괜찮았다. 왝왝이의 얼굴에 드리워진 철창 그림자를 치울 수 있다면 더 괜찮아질 것 같았다. 내가 왝왝이의 세계로 내려간다면 그림자 없는 얼굴을 볼 수 있을까.

나는 주먹을 쥐고 자리에서 일어났다.

"방법이 있을 거야. 우리가 아직 모르는 것뿐이지, 찾아보면 있을 거라고."

손등으로 눈가를 문질렀다. 나도 모르는 사이 뺨이 축축해져 있었다.

○

학교 도서관과 시립 도서관을 오가며 자료를 찾았다. 테니스장 옆의 하수구는 우리 동네를 가로지르는 하천과 연결되어 있었다. 하천 산책로에 하수도와 연결되는 커다란 입구가 있다는 사실을 알아냈다.

끝이 보이지 않는 하수도 입구 앞에 섰다. 여기로 들어가면 왝왝이가 있는 곳에 다다를 수 있을 것 같았다. 밖에서 볼 때는 물이 졸졸 흘러나오는 정도였는데, 막상 들어가니 운동화를 신은 발목 위까지 물이 찼다.

통로는 어두웠다. 챙겨 온 손전등을 켜서 앞을 비추었다. 찰랑거리는 물과 시멘트 벽만 길게 이어졌다. 도면에 따르면, 이대로 직진하다 두 번째로 나타나는 왼쪽 통로로 들어가야 테니스장의 하수구가 나왔다.

팔을 위로 뻗어 보았다. 손바닥이 까슬한 천장에 닿았다.

왼쪽 통로가 나오기를 기다리며 걸었다. 등 뒤에서 균일한 소리가 들려왔다. 작은 동물의 발소리 같았다.

도도독. 도도독.

소리는 저 멀리에서 시작해 점점 내게로 가까워지고 있었다. 뒷덜미에 식은땀이 솟았다.

무슨 소리지? 진짜 반인반파?

천천히 고개를 돌렸다. 손전등 불빛이 닿지 않는 어둠 속에서, 큼지막한 쥐 한 마리가 불쑥 튀어나왔다. 쥐는 물을 튀기며 나를 향해 달려왔다. 물에 젖은 털이 고슴도치처럼 사방으로 뻗쳐 있었다.

반사적으로 뒤로 물러서다 손전등을 놓쳤다. 쥐는 유유히 나를 지나쳐 저편으로 사라졌다. 어깨를 부르르 떨면서 손전등을 주웠다. 물에 떨어진 손전등은 아무리 전원을 달각여도 다시 켜지지 않았다. 쓸모없어진 손전등을 가방에 집어넣고 핸드폰을 꺼내 플래시를 켰다.

핸드폰 플래시 빛은 손전등보다 훨씬 좁고 약했다. 아까까지는 그래도 내 발치는 환하게 볼 수 있었는데, 이제는 그조차도 제대로 보이지 않았다.

나는 잠시 생각에 잠겼다. 난데없이 쥐가 튀어나오질 않나, 손전등이 고장 나질 않나. 이건 그만 돌아가라는 계시가 아닐까?

그러다가 곧바로 생각을 고쳐먹었다. 계시 따위. 누가 무얼 위해 내리는 계시라는 말인지.

사람들은 계시라는 말을 쉽게 썼다. 그날의 일도 계시, 내가 살아남은 것도 계시. 사람들의 말에 따르면 이 세상은 계시투성이였다. 의미가 없는 일은 발생하지 않았다. 모든 사건에는 이유와 교훈이 존재했고, 인간들은 그것을 해석해야 한다는 것이다.

적어도 나만큼은 계시라는 단어를 쉽게 쓰지 말자고 다짐했던 것이 언제였더라. 입술을 안으로 말아 물었다. 핸드폰 배터리가 방전될 때까지는 앞으로 나아가 보자고 마음먹었다.

몇 미터 앞에 왼쪽으로 뚫린 길이 보였다. 아까 왼쪽으로 뚫린 길을 한 번 지나쳐 왔으니까, 이것이 두 번째 통로였다. 그렇다면 여기가 테니스장 옆 하수구로 이어지는 길이다.

왼쪽으로 들어서려는데, 어디선가 물이 넘쳐흐르는 듯한 소리가 들렸다. 작게 들리던 소리는 한순간에 폭우 소리처럼 거칠게 변했다.

나는 물이 나를 향해 밀려오고 있다는 걸 알았다. 걷잡을 수 없는 물이 다가오고 있었다. 넘치고 무너트리고 침범하는 물. 한순간에 쏟아져 들어와 꼼짝도 할 수 없게 만드는, 모든 것을 휩쓸어 가는 물.

몸을 돌려서 뛰기 시작했다. 그러나 속도를 낼 수 없었다. 다리가 무거웠다. 발목에 돌덩이가 매달려 있는 것 같았다. 숨을 제대로 쉴 수 없었다. 공기가 몸 안에 갇혀서 뜨거워졌다. 눈앞이 흔들렸다. 이건 내가 이미 알고 있는 기분이었다.

똑바로 서려고 해도 자꾸만 발끝부터 뒤집히는 기분. 뒤집힌 세계에서는 숨이 몸 안까지 들어가지 못하고 코끝에서 깔짝거릴 뿐이었다.

그래도 뛰는 걸 멈출 순 없었다. 정신을 잃을 것 같았지만 온 힘을 다해 뛰었다. 무언가 부드러운 것이 얼굴을 스쳐 지나갔다. 눈에 보이지 않는 얇은 막을 통과한 듯했다.

갑자기 사방이 고요해졌다. 물소리도 더는 들리지 않았다. 무릎을 잡고 숨을 가쁘게 쉬었다.

"연서야."

나를 부르는 목소리를 들었다. 낯설지만 한편으로는 여러 번 들어 본 적 있는 것 같은.

"너 진짜로 왔네."

나는 몸을 세우며 고개를 들었다.

왝왝이가 그곳에 있었다.

지독하게 풍기던 하수도 냄새는 막을 넘어온 순간부터 조금도 느껴지지 않았다. 나는 왝왝이의 세계로 가지 못했고 왝왝이도 내 세계로 오지 못했지만, 중간 어디쯤에서 우리는 만났다.

마침내 우리 사이를 가로막는 것이 없어졌을 때, 나는 왝왝이의 팔을 꽉 쥐어 보았다. 왝왝이는 틀림없이 존재했다. 나 또한 그 앞에 존재했다.

여전히 학교도 집도 싫은 것투성이였다. 밤늦은 시간에 거실로 나왔다가, 아빠의 방문 틈으로 새어 나오는 불빛을 보고는 아빠도 잠을 이루지 못하는 날이 많다는 걸 알았다. 하지만 무례하고 안일한 아빠의 방식은 내 숨을 틀어막을 뿐이었다.

버거운 하루도 하수도에서 있을 만남을 생각하면 조금은 괜찮아졌다. 왝왝이와 나란히 앉아서 이야기하는 동안에는 지상의 일을 잊을 수 있었다. 지상에 있는 동안에도 나는 종일 왝왝이를 생각했다. 몸은 도망치지 못하지만 생각만큼은 내가 원하는 곳으로 보낼 수 있었다.

옴짝달싹 못 하겠다는 느낌이 들 때면, 어디에도 가지 못하고 한자리에 붙잡혀 있다는 느낌이 들 때면 무작정 왝왝이부터 떠올리게 되는 건 왜일까?

왝왝이와 나는 닮은 점이 많았다. 나는 아침에 일어나 거울을 보면서 왝왝이의 얼굴을 떠올렸다. 왝왝이의 입술은 나처럼 얇고 길다. 왝왝이의 얼굴은 나처럼 까무잡잡하고 눈가는 그보다도 짙다. 거뭇한 눈가를 보고 있으면 왝왝이도 혹시 나처럼 밤에 잠들지 못하는 건가 궁금해진다.

왝왝이는 말했다. 자신이 지내는 곳에는 아무 고통도 없고, 누구도 자신을 힘들게 하지 않는다고. 그 말이 사실이라면 왝왝이는 무엇 때문에 눈가가 어두운 것인지.

하루를 마치는 밤이면 아빠 눈길이 닿지 않는 곳에 숨겨 둔 약을 먹고, 침대에 누워 왝왝이가 있을 그곳을 생각했다. 노곤해지는 눈을 감으며, 오늘만큼은 왝왝이가 고민 없이 편안했기를 바라면서.

## 5. 옥색 눈의 고양이

“옥이는 눈이 진짜로 옥색이다? 보고 있으면 바다 같아.”

“옥이가 털이 까만 고양이랬지?”

꽥꽥이가 물었다. 나는 신나서 말을 이었다.

“응. 그래서 밤에 보면 잘 안 보이는데, 눈 두 개만 말똥거려. 별 같아. 눈을 깜박일 때마다 반짝이는 게…….”

나는 습관처럼 주머니에서 핸드폰을 꺼내 영상을 보여 주려다가 멈칫했다.

“아, 맞다. 너한테는 안 보이지.”

머쓱하게 손바닥으로 핸드폰 액정을 문질렀다. 혹시 다른 기기를 가져와서 보여 주면 괜찮을까?

호정에게는 어디를 가더라도 지니고 다니는 캠코더가 있다. 호정이 자신의 몸보다도 아끼는 물건이었다.

SNS에서 적극적으로 사회문제에 관해 목소리를 내는 것과는 대조적으로, 평상시의 호정은 말수가 적었다. 새 운동화에 뭐가 묻어도, 튀어나온 못에 카디건의 실이 풀려도 신경 쓰지 않고 넘겼다.

호정이 만만하다는 식으로 소문이 나서 한동안 남자애들이 게임하듯 시비를 걸어 대던 시기도 있었다. 호정의 SNS 활동에 불만을 품고 있는 애들이었다. 보다 못한 내가 그중 하나를 붙잡고 따진 적도 있었다.

자신의 기분을 일일이 표현하지 않는 호정이지만, 캠코더가 관련되면 사람이 달라졌다. 캠코더 가방이 어쩌다 벽에 살짝 스치기라도 하면 흠집 생긴 데가 있는지 눈을 부릅뜨고 살펴보았다. 그럴 때의 호정은 좀 무서웠다.

나는 그런 호정에게 캠코더를 빌려달라고 말할 작정이었다.

처음 비상 열쇠를 사용한 날 이후로, 나는 종종 작은 미술실을 찾았다. 추모제 준비단이 해체되었다거나 작은 미술실에 누구도 드나들지 않는다는 건 아무것도 모르는 애들이 퍼뜨린 소문이었다. 그곳은 방치되어 있지 않았다. 요즘도 추모제 준비단은 점심시간마다 그곳에서 모였다.

점심시간에 나는 작은 미술실을 찾아갔다. 준비단 아이들은 네 개의 책상을 마주 보게 붙여 놓고 회의하던 중이었다.

"신호정, 잠깐 시간 괜찮아?"

학생회 여자애가 놀란 표정으로 나와 호정을 번갈아 보았다. 호정은 나를 가만히 보더니, 고개를 끄덕이며 느릿느릿 자리에서 일어났다.

나는 호정을 복도 끝으로 데리고 갔다. 혹시 지나가는 누구라도 엿들어서는 안 되는 이야기였다.

"왜 불렀어?"

호정이 물었다.

"너, 비밀 지킬 수 있어? 아무한테도 말하면 안 돼."

"뭔데?"

"내가 어쩌다가 만난 남자애가 하나 있는데, 말이 잘 통해서 요즘 좀 친하게 지내고 있어. 걔가 우리 동네 애가 아니라서 우리 동네 풍경을 보여 주고 싶은데, 내 폰으로는 느낌이 잘 안 나거든. 그래서 말인데…… 네 캠코더 좀 빌릴 수 있을까?"

분명 그럴싸한 대사를 빈틈없이 짰는데, 막상 말하려니 머릿속이 엉켜 버렸다. 호정은 말이 없었다. 왠지 모를 기대감이 어렸던 눈빛은 서서히 사라지고 있었다.

"대여료는 낼게. 하루에 만 원…… 어때?"

소심하게 덧붙였다. 원래는 하루에 오천 원을 제시할 생각이었는데 호정의 표정 때문에 급하게 만 원으로 올렸다.

"잠깐만. 나 생각을 좀."

호정이 손바닥을 들어 보였다. 나는 입을 다물었다.

"친하게 지낸다며, 근데 우리 동네 애가 아니라고?"

"어……."

"인터넷에서 만났어? 뭐 오픈채팅 같은 거에서?"

"응, 맞아. 인터넷으로. 오픈채팅은 아니고, 인스타 하다가 만났어. 친구의 친구야."

호정은 수상하다는 눈으로 나를 보았다. 나는 마른침을 삼켰다. 역시 안 되려나. 거짓말이 허술하긴 했다.

잠시 후 호정이 말했다.

"걔한테 동네 어디를 찍어서 보여 주고 싶은데? 내가 카메라맨 하고 편집까지 도와줄게. 어차피 너 영상 편집도 할 줄 모르잖아."

호정이 이렇게까지 협조적으로 나오는 건 계획 밖이었다.

"언제부터 시작할까? 나는 내일 저녁 시간 되는데."

"아…… 음, 고마워. 근데 빌려만 주면 안 될까? 나는 캠코더 들고 가서 걔한테 직접 보여 주려고 했거든."

"네가 캠코더를 들고 걔 동네로 가겠다고?"

나는 주저하며 고개를 끄덕였다.

"그럴 거면 걔한테 와서 동네를 보라고 해. 왜 네가 가."

"걔는 자기 동네 밖으로 못 나온대."

내가 들어도 말이 안 되는 소리였다. 준비하지 않은 거짓말까지 하려니까 점점 말이 꼬였다.

"부, 부모님이 엄해서. 통금도 있고, 학교 갈 때 아니면 마음대로 외출도 못 한대."

호정의 눈썹이 일그러졌다.

"신원 확실한 거 맞아? 네 친구는 걔랑 어떻게 아는 사이인데?"

나는 더 할 말을 찾지 못하고 입을 닫았다. 호정이 심각한 표정으로 나를 보았다.

"솔직하게 얘기해 줘. 진짜로, 무슨 일이야?"

아무래도 캠코더를 빌리려는 계획은 망한 것 같았다. 내가 꾸며 낸 거짓말은 호정에게 통하지 않았다. 창피했다.

"야, 안 빌려줄 거면 말아. 빌려주기 싫으면 싫다고 하면 되지."

나는 창피한 걸 숨기는 방법을 두 가지밖에 모른다. 짜증을 내거나 아예 모르는 척해 버리는 것이다. 지금 같은 상황에서는 모르는 척하는 게 통하지 않으니까 짜증을 낼 수밖에 없었다.

"……꼭 필요한 거야?"

"어. 꼭 필요해."

호정은 곤란한 얼굴로 한숨을 쉬었다. 말투도 좀 누그러져 있었다. 나는 이때다 싶어서 매달렸다.

"무슨 일인지는 나중에 기회가 되면 말할게. 지금은 그냥 나 믿고 빌려주면 안 될까?"

만약 지금 내 앞에 서 있는 사람이 호정이 아니라 그 아이였다면, 그 아이는 이렇게 말했을 것이다.

"그게 빌려달라는 사람 태도야?"

내가 제 발 저려서 짜증을 낼 때면 나를 한심하게 보던, 절대로 나한테 져 주는 법이 없던 아이.

또 시작이다. 대체 그게 누구였더라.

분명 있었음에도 내가 기억하지 못하는 아이. 함께 추모제 준비단 활동을 했던……. 떠오를 듯 말 듯 관자놀이 안쪽이 욱신거렸다.

아무튼 호정은 그 아이가 아니었다. 호정은 내가 짜증을 내면 내 기분을 풀어 주려고 노력하는 아이였다.

호정은 생각이 복잡한지 아랫입술을 씹었다. 그러더니 결심한 듯 고개를 들었다.

"알겠어, 캠코더는 빌려줄게. 영상도 너 혼자 찍어."

"정말?"

"대신 개 만나러 갈 때 나도 같이 가자. 빌려주기 싫은 게 아니라 걱정돼서 그래. 인터넷으로 만난 사람을 보러 간다는데 어떻게 너 혼자 보내."

호정은 좋은 애였다. 진지한 얼굴을 보고 있자니 내가 호정에게 뭘 하고 있는 건가 싶었다.

“알겠어.”

내가 대답했다.

호정은 잠시 기다리라는 말을 남기고 작은 미술실로 가 캠코더를 가져왔다.

“조심해서 써. 사용 방법 모르겠으면 물어보고.”

나는 손에 들어온 캠코더를 가만히 내려다보았다.

“호정아.”

호정이 나를 돌아보았다. 나는 호정에게 캠코더를 돌려주었다.

“네가 갖고 있어. 영상 같이 찍자. 내일 저녁에 시간 된댔지?”

호정의 얼굴이 밝아졌다.

“옥아, 어디에 있어?”

공원 옆의 샛길을 따라 올라가며 옥이를 불렀다. 캠코더를 든 호정이 내 뒤를 따랐다.

호정과 나는 벌써 며칠째 옥이를 찾아 헤매는 중이었다. 옥이가 자주 출몰하던 스폿들을 찾아 돌아다녔지만 옥이를 만날 수가 없었다. 사람한테 먼저 다가서길 좋아하는 옥이가 일부러 숨어 있을 리도 없었다. 마음이 불안했다.

그새 하늘이 새까맸다. 옥이는 오늘도 나타나지 않을 모양이었다.

"무슨 일이라도 생긴 건 아니겠지?"

내가 걱정스레 말했다.

"옥이가 네 인스타에 자주 올라오는 까만 고양이야?"

"맞아. 이렇게 오래 못 본 적은 없었는데…… 이상하다."

"산책로 쪽으로 다시 가 볼까?"

호정과 나는 공원에서 내려와 하천 산책로를 다시 훑었다. 호정이 불쑥 입을 열었다.

"학원은 왜 그만뒀어?"

"내가 학원 그만둔 거 어떻게 알았어?"

"지예가 알려 줬어."

"남 얘기하는 거 좋아하는 애들이 많네."

나는 좀 예민해져서 중얼거렸다. 호정이 급히 덧붙였다.

"지예 잘못 아니야. 내가 물어봐서 대답해 준 거야."

"네가 물어봤다고? 왜?"

"너 어떻게 지내는지 궁금해서."

"……."

"그래서 학원 왜 그만뒀는데?"

"재미도 없고, 놀 시간도 없어서."

"정혜민이랑 놀려고?"

"어."

견딜 수 없는 어색함이 흘렀다. 옥이를 빨리 찾아야 한다는 생각에 마음이 조급한 한편, 호정이 갑자기 이런 이야기를 꺼내는 것이 언짢았다.

"나랑 노는 게 재밌어, 정혜민이랑 노는 게 재밌어?"

신호정답지 않은 질문이었다.

"재밌기는 정혜민이 재밌지. 걔는 말하는 게 웃기잖아."

"정혜민이 웃긴가."

"응. 엄청 웃겨."

고민 없이 나온 대답에 호정이 입을 다물었다. 또 침묵이 흘렀다.

"그리고 너는 나랑 안 놀아 줬잖아. 그 일 이후로."

호정이 휙 고개를 돌려서 나를 보았다.

"무슨 소리야? 내가 왜 너랑 안 놀아? 네가 나 없는 사람 취급했지."

호정이 억울하다는 목소리로 반박했다. 하지만 나도 할 말은 있었다.

"너는 나 만나면 침수 얘기만 했잖아. 진상 조사가 어떻게 진행

되고 있는지, 누가 기소되거나 기소되지 않았는지. 내가 생각을 다른 데로 돌리게 내버려두질 않았어. 너랑 있으면 일분일초 그날 생각만 해야 했어. 그건 노는 게 아니잖아."

"나는 네가 걱정돼서……."

"네가 내 친구로 있어 줬으면 했어. 근데 넌 그 얘기가 아니면 나랑 할 얘기가 없는 것 같았어."

"그런 게 아니야."

"누가 먼저 멀리하기 시작했는지 따질 것도 없어. 우리 사이가 변한 거니까. 친구에서 준비단 동료로 변한 거야."

"그렇게 말하는 건 불공평해."

호정이 목소리를 높였다.

"뭐가 불공평한데?"

"친구로 있어 줬으면 했다고? 네가 생각하는 친구는 뭘 해야 하는 건데? 정혜민처럼 너랑 놀러 다니는 거? 나는 네가 그런 일을 겪었으니까 더 신경을 쓴 거야. 다른 사람도 아니고 네가, 겪어서는 안 되는 일을 겪었으니까."

머리가 어지러웠다. 더 듣고 싶지 않았다.

"친구는 상대를 편하게 해 주는 게 친구지. 같이 있으면 즐거운 게 친구고. 나는 너를 만나면 불편했어. 편하게 숨 쉴 수가 없었다고."

"나는 친구로서 너를 돕고 싶었어. 너를 위해서 싸우고 싶었어. 왜 그런 일이 생겼는지, 누구한테 책임이 있는지."

"돕긴 뭘 도와? 너한테 그런 거 부탁한 적 없어."

"부탁한 적 없어도 그게 옳은 일이라고 생각했어. 내가 해야 할 일이라고. 그래야 네가 다음으로 넘어갈 수 있을 거라고……."

"난 이미 다음으로 넘어갔어."

나는 똑바로 호정을 보았다.

"이게 내 '다음'이야. 나는 지금도 살고 있어. 진상이 밝혀지지 않아도, 언제 끝날지 모르는 그날과 함께 살고 있다고."

"연서야."

"네 말이 맞아. 옳은 일이 있으면 그걸 해야지. 그냥 너랑 나는 이제 친구가 아닐 뿐이야. 친구라면 내가 그 얘기 하기 싫달 때는 하지 말아야지. 하고 싶달 때는 같이 해 주고. 내가 얘기하기 싫을 때도 들이미는 사람은 친구가 아니야. 혜민이는 나를 가르치려 들지 않아."

나는 호정을 뒤로하고 다시 걸음을 옮겼다.

"연서야."

호정이 나를 불렀다. 나는 걸음을 멈추지 않았다.

"연서야!"

호정이 재차 나를 불렀다. 나는 얼굴을 찌푸리며 호정을 돌아보았다. 호정은 굳은 얼굴로 내 어깨 너머 어딘가에 시선을 고정하고 있었다.

"저기……."

나는 호정의 손끝이 향한 곳을 보았다. 바위 옆에 무언가가 축 늘어져 있었다.

까만 몸이었다.

"아니야."

나는 중얼거렸다.

"그럴 리가 없어."

주저앉아 울었다. 목에서는 내 목소리 같지 않은 소리가 났다. 울음을 삼킬 수가 없었다. 모든 것이 콸콸 쏟아져 내리기만 했다.

"옥아, 아니야……."

호정이 내 어깨에 손을 얹었다. 그 손이 따뜻해서 나는 더 크게 울었다.

옥이는 비염이 있어서 숨을 쉴 때면 색색 소리가 크게 났다. 숨소리만으로도 옥이가 다가오는 걸 알 수 있었다. 그런데 지금 옥이는 조용히 몸을 웅크리고 있었다.

털에는 아직 윤기가 흘렀다. 겉으로 보이는 상처는 없었다. 얼핏 보면 편안히 잠든 것처럼 보였다. 하염없이 옥이를 쓰다듬었다. 옥이를 쓰다듬을수록 나는 옥이의 죽음을 실감했다. 옥이의 몸은 딱딱하고 서늘했다.

"묻어 주자, 연서야. 우리가 묻어 주자."

호정이 내 등을 끌어안고 말했다. 호정의 목소리에도 어느새 물기가 스며 있었다.

"싫어."

나는 고개를 저었다. 인정하고 싶지 않았다. 세상에 준비된 이별 같은 건 없겠지만 아무리 그래도 너무 갑작스러웠다. 왜 죽었는지도 모르는데 물을 수는 없었다.

"옥이를 이렇게 둘 순 없어. 상자에라도 누이자. 내가 구해 올게."

호정이 잰걸음으로 달려가고, 나는 옥이와 단둘이 남았다.

가만히 옥이의 몸을 내려다보았다. 서늘한 몸을 믿을 수 없어 자꾸만 쓸어내렸다. 금방이라도 눈을 뜨며 고개를 들 것 같았다. 그르릉 숨을 내쉬면서 내 다리에 고개를 비빌 것 같았다. 작고 까만 발로 신발 앞코를 톡톡 건드릴 것 같았다.

가방에서 체육복 상의를 꺼내 옥이의 몸을 감쌌다. 가방을 바닥에 놓고 대신 옥이를 안았다. 그곳으로 데려가야겠다는 생각이 들었다. 그곳에는 아무 고통도 없다는 말이 사실일 거라고 믿어 보고 싶었다. 왝왝이가 보고 싶었다.

하수도 안으로 들어가서 왼쪽 통로가 나올 때까지 걸었다. 두 번째 왼쪽 통로로 들어가서 벽에 등을 기대고 앉았다. 체육복 천 너머로 옥이의 몸이 느껴졌다. 체육복에 얼굴을 묻고 소리 없이 울었다. 정신을 차리고 다시 일어나 걸었다. 이젠 눈을 감고도 갈 수 있는 곳이었다. 계속해서 걸었지만 투명한 막을 통과했다는 느낌도, 공기가 바뀌는 느낌도 들지 않았다. 왝왝이도 나타나지 않았다. 발을 내디딜 때마다 찰박이는 물소리만 들렸다.

왜 떠날 수 없지? 왜 왝왝이를 만날 수 없지?

"왜 안 돼?"

비명 같은 목소리가 나갔다.

"가고 싶어. 그곳으로 보내 줘. 여기가 아닌 곳으로 가고 싶어."

울부짖음에 돌아오는 대답은 없었다. 가 닿지 못한 목소리가 거친 시멘트 벽을 타고 울렸다.

◯

산책로로 돌아오니, 호정이 내 가방을 들고 안절부절못하고 있었다.

"야!"

호정은 나를 보자마자 울음을 터트렸다.

"너 어디 갔었어! 핸드폰이랑 가방도 다 여기에 두고."

호정이 버럭 소리를 질렀다. 나는 횡설수설했다.

"그곳으로 데려가야 해서. 만나고 싶어서. 왝왝이가 보고 싶어서."

"뭐?"

"그런데 갈 수가 없었어."

그러고 울었다. 호정은 내가 품에 끌어안고 있는 체육복 뭉치를 보았다. 호정이 손을 뻗어 옥이를 받아 안았다. 호정의 발치에는 상자가 놓여 있었다. 호정은 옥이의 몸을 감싼 체육복 상의를 벗기려 했다. 나는 고개를 저었다.

"그대로 둬."

옥이에겐 덮을 것이 필요했다.

호정은 체육복에 감싼 옥이의 몸을 조심스레 상자 안에 내려놓았다.

"지금은 땅을 팔 수 없으니까 내일 다시 와서 묻어 주자. 여기 어디 둘 데가 있을까."

호정이 말했다.

"여기는 안 돼. 누가 상자 열어서 옥이한테 해코지하면 어떡해."

나는 이 근처에 길고양이를 싫어하는 사람이 많다는 것을 알고 있다. 고양이가 보이면 발로 차는 사람도 있었고, 고양이 사료에 뭔가를 섞는 사람을 발견해서 우리가 소리를 질러 쫓아내곤 근처 사료를 전부 버렸던 적도 있었다.

우리?

나는 잠시 생각을 멈췄다.

'우리'는 누구지? 소리를 질러서 수상한 사람을 쫓아내던 때, 내 옆에 있던 건 누구였지?

나는 상자를 안은 채 집을 향해 걸었다. 내 옆에서 걷던 호정이 입을 열었다.

"왝왝이라는 게 뭐야?"

"어?"

나는 당황해서 호정을 돌아보았다.

"왝왝이가 뭐냐고."

"네가 왝왝이를 어떻게 알아?"

"네가 아까 그랬잖아. 왝왝이를 만나러 갔던 거라면서."

"아."

하지 말아야 하는 말들까지 해 버렸다는 것을 깨달았다.

"무슨 닉네임 같은 거야?"

"왝왝이는……."

나는 침을 삼켰다.

"내가 캠코더로 옥이를 찍으려고 했던 이유야. 내가 고양이들이랑 우리 학교를, 우리 동네를 보여 주고 싶었던 남자애야."

"다른 동네에 산다며. 아까 걔 사는 데까지 가려고 했던 거야?"

"걔는 다른 동네에 살지 않아. 인터넷으로 만난 것도 아니야."

"그럼?"

"걔는 다른 세계에 살아."

"뭐라고?"

호정이 눈을 크게 떴다.

"왝왝이는 다른 세계에 살아. 처음엔 하수구 안에 사는 줄 알았는데, 실제로 하수구에 사는 건 아니고, 거기가 다른 세계랑 통하는 입구라서 그렇게 보였던 거야. 밤에 걷다가 하수구를 보게 되면 안을 잘 들여다봐 봐. 우리 세계를 구경하러 나온 왝왝이나 왝왝이 친구들의 얼굴을 볼 수 있을지도 모르니까. 나도 왝왝이랑 처음에 그렇게 만났어. 너도 알지? 비 온 다음 날에는 개구리가 울잖아. 그렇게 뭐가 울고 있는 거야, 왝왝거리면서."

나는 급히 숨을 고르고 뇌까리듯 말을 이었다. 머리가 생각하는 것보다 입이 더 먼저 움직였다.

"개구리를 기대하면서 테니스장 옆 하수구를 들여다봤는데, 거기 사람 얼굴이 둥둥 떠 있었어. 내가 얼마나 놀랐는 줄 알아?

그나마 나니까 그 정도였지, 너는 겁이 많으니까 그 자리에서 기절했을걸. 다시 생각해 보니까 너는 밤에 하수구를 들여다보지 않는 편이 좋겠다. 까무러치기라도 하면 큰일이잖아. 그러면 안 되지. 왝왝이한테 너를 소개해 주고 싶어. 둘이 잘 맞을 것 같아. 저기 하수도 안에 이쪽도 아니고 그쪽도 아니고 중간쯤 되는 곳이 있어. 거기로 가면 왝왝이를 만날 수 있어. 아무튼 나랑 왝왝이는 친구가 됐어. 친해지고 나니까 왝왝이한테 고양이들을 소개해 주고 싶어지더라. 그래서 네 캠코더를 빌리려고 했던 거야."

"그럼 아까 다녀온 데가……."

"응, 하수도에 다녀왔어."

말을 많이 했더니 입안이 바짝 말랐다.

"음…… 그래서……."

호정은 머뭇거리는 기색으로 물었다.

"왝왝이라는 게, 걔 진짜 이름이라고?"

"나 혼자 부르는 이름이야. 본명은 몰라."

"그래서, 만났어? 그 왝왝이라는 애를?"

"만나지 못했어. 그곳으로 넘어갈 수가 없었어."

호정은 나를 빤히 쳐다보더니, 걱정스러운 얼굴로 입을 뗐다.

"연서야…… 너 괜찮아?"

침묵이 흐르는 동안, 호정은 걱정을 넘어 불안한 눈빛이 되어

갔다.

"아니. 안 괜찮은가 봐. 너무 울어서 머리 아프다."

나는 피식 웃으며 고개를 저었다. 그제야 호정이 안심한 얼굴로 내 어깨를 밀었다.

"너는 별 상상을 다 한다. 깜짝 놀랐어."

"왜, 재밌잖아."

나는 맥 빠지는 웃음소리를 냈다.

## 6. 동그라미

우리는 이튿날에 옥이를 풀숲 근처 나무 아래에 묻었다. 나는 문구점에서 자물쇠와 열쇠 세트를 사다가 옥이가 누워 있는 상자에 함께 넣었다. 체육복을 풀고 깨끗한 수건으로 옥이의 몸을 감쌌다. 옥이는 까랑까랑 소리가 나는 물건을 좋아했다. 내가 사물함 열쇠를 흔들면 옥이는 손을 뻗어 그것을 잡으려 하곤 했다.

내가 옥이에 대해 알고 있는 건 고작 그 정도였다. 옥이가 몇 살이었는지도 모르고, 옥이에게 무슨 일이 있었던 건지도 알 수 없다. 침을 삼켜도 목 안에 어떤 찌꺼기가 달라붙어 있는 기분이었다.

"영상을 보여 줄 남자애가 있다는 건, 결국 거짓말이었어?"

옥이를 묻어 주고 돌아오는 길에 편의점에서 아이스크림을 하나씩 샀다. 아이스크림 포장지를 벗기던 호정이 물었다. 아무래도 왝왝이에 대한 이야기는 못 들은 척하기로 한 모양이었다.

"응."

재차 설명할 기력도 없고 새로운 거짓말을 꾸며 내고 싶지도 않아서, 잠자코 고개를 끄덕였다.

"그럼 캠코더는 왜 빌려달라고 한 거야?"

호정이 물었다. 거짓말을 꾸며 내기 귀찮다고 생각한 게 불과 몇 초 전인데, 또 새로운 거짓말을 꾸며 내야 하는 상황에 맞닥뜨렸다.

"너한테 말 걸려고."

그래서 솔직하게 대답했다. 호정에게 캠코더를 빌리려고 했던 또 하나의 이유였다.

"너랑 풀고 싶은데, 다른 핑계가 없어서."

와그작 아이스크림을 깨물자 이뿌리가 시큰했다.

호정은 그동안 내가 찍어 둔 옥이의 사진과 영상을 모아서 오 분 길이의 영상으로 만들었다. 옥이를 처음 만났을 때부터 최근까지 차곡차곡 쌓아 온 기억이 오 분이라는 짧은 시간으로 압축되었다.

나는 그 영상을 더 많은 사람에게 보여 주고 싶었다. 옥이는 인간 친구가 많았다. 옥이를 아끼던 사람들과 기억을 나누고 싶었다.

호정은 중고 거래 애플리케이션에 글을 올리자고 했다. 막상 글을 올리려고 보니 어떻게 적어야 좋을지 고민이 되었다. 옥이는 나와 친구들이 부르는 이름이었다. 다른 사람들도 옥이를 옥이라고 불렀을지 알 수 없었다. 어쩌면 옥이는 아주 많은 이름을 가진 고양이였을지도 모른다.

이름을 적는 대신에 옥이의 특징이 잘 드러나는 사진을 골라서 올렸다. 그 아래에 옥이가 우리의 곁을 떠났다고 짧게 적었다. 하천 광장에서 옥이를 사랑했던 사람들끼리 이야기를 나누는 시간을 가지려고 하니 시간이 되면 와 달라고 했다.

조금 늦게 광장에 도착한 호정의 손에는 커다란 흰색 가방이 들려 있었다. 크기만 큰 게 아니라 제법 무거운지 팔에 힘이 들어간 것이 보였다. 호정은 낑낑거리며 가방을 스탠드 계단에 올려놓고는 그 안에서 빔프로젝터를 꺼냈다. 나는 호정이 빔프로젝터를 설치하는 것을 거들었다.

"방송부에서 가져왔어?"

"내 거야. 집에 있던 거."

호정은 능숙하게 빔프로젝터를 노트북과 연결했다. 맞은편 벽에 호정의 노트북 바탕화면이 선명하게 떴다. 바탕화면은 정리되지 않은 폴더와 파일들로 지저분했다.

화면 오른쪽에 외딴섬처럼 뚝 떨어져 나온 폴더가 보였다.

[열 명의 이야기(진행 중)]

호정은 '옥이'라는 제목의 폴더를 클릭했다. 옥이 폴더 안에는 내가 호정에게 보낸 원본 파일들과 호정이 만든 영상이 있었다.

우리는 광장 벽에 옥이의 사진을 띄워 놓고 기다렸다. 게시글에 공지해 둔 시간이 다 될 때까지, 사람들은 모이지 않았다.

"이거 뭐 하는 거예요?"

지나가던 아저씨가 물었다.

"고양이 장례식이요."

나는 벽에 비친 옥이의 사진을 가리키며 대답했다.

"고양이 장례식?"

"네."

"하긴, 요즘은 애완동물도 장례식을 하더라. 나 아는 사람도 개 장례식을 한다고 해서 시대가 변했구나 했는데. 요즘 사람들 유행이니까 이해해야지."

나는 대꾸하지 않았다. 할 말도 없었다. 아저씨는 궁금한 게 많은지 말을 이었다.

"저 고양이가 학생 고양이에요? 예쁘게 생겼네. 이름이 뭐예요?"

"제 고양이 아니에요."

"그럼 저기 있는 학생이 키우던 고양이?"

아저씨가 빔프로젝터 뒤에 쭈그려 앉아 있는 호정 쪽을 턱짓했다. 나는 고개를 저었다.

"쟤 고양이도 아니에요."

"그럼 누구 고양이?"

아저씨가 답답하다는 얼굴로 물었다. 답답한 건 나였다. 나는 검지로 화면을 가리켰다.

"누구 고양이도 아니에요. 사진을 보세요. 야외에서 찍은 사진이잖아요. 저 애는 여기 산책로에 살던 고양이예요. 이름은 옥이. 다른 사람들은 다른 이름으로 불렀을 수도 있어요."

아저씨가 대번 얼굴을 찌푸렸다.

"이렇게 공공장소를 마음대로 써도 되나? 허가는 받았어요?"

나는 성의 없게 대답했다.

"네."

"진짜 허가를 받았다고? 시청에 전화해서 확인해요?"

"확인하세요."

나는 거침없이 대답하고 몸을 돌려서 호정 쪽으로 향했다. 아저씨는 알아들을 수 없는 말을 구시렁거리더니 걸음을 옮겼다.

실제로 신고를 할 거라고 생각되지도 않았지만, 설령 시청에

든 경찰에든 신고한다고 해도 상관없었다. 출동한 담당자가 도착하기도 전에 장례식은 끝날 것이다. 누구든 오 분 안에 달려오진 못할 테니까. 오히려 이번에는 부리나케 달려온다면, 그럼 정말…… 화가 날 것 같다.

"아무도 안 올 것 같지?"

내가 말했다. 호정은 입을 꾹 다물고 빔프로젝터 위에 앉은 벌레를 쫓았다.

"조회 수가 꽤 있었는데. 온다는 사람도 있었고."

"평일 저녁이잖아. 다른 일이 생겼을 수도 있지."

"그래도 오겠다고 했으면 와야지. 기다리는 사람이 있는데……."

호정이 이해할 수 없다는 듯 말했다.

"두 명이면 충분해. 원래 밥 주던 사람도 둘이었어."

그렇게 말하다가 멈칫했다.

"두 명이면 충분해."

방금 내뱉은 말을 곱씹어 보았다. 뭔가 묘한 기분이 들었다.

옥이의 밥을 챙겨 주던 때의 나는 혼자가 아니었다. 고양이에게 밥을 주는 나는 언제나 다른 누군가와 함께였다. 내 옆에 있던 그 아이.

그 아이는 애초에 내가 길고양이를 챙기기 시작한 계기이기도 했다. 원래 나는 집에서 고양이를 키워 본 적도, 고양이를 다른 동물들에 비해 각별하게 여겼던 적도 없다. 동네에서 어쩌다 고양이와 마주쳐도 귀엽다고 생각하고 끝이었다. 그런 내가 고양이를 챙기기 시작한 것은 그 아이 때문이었다.

작년부터 나는 그 아이와 같이 다니기 시작했다. 그러다 보니 그 아이의 일상이나 취미 생활도 함께하게 되었다. 그 아이는 어머니를 통해서 길고양이들에게 물과 사료를 챙겨 주는 법을 배웠다고 말했다.

그 아이는 누구지.

호정은 아니다. 호정은 여기에 있으니까. 호정이었다면 내가 기억했을 것이다.

혜민도 아니다. 혜민의 집과 우리 집은 꽤 멀리 떨어져 있다. 함께 고양이를 만나러 우리 동네 산책로까지 왔던 기억은 없다.

호정도 혜민도 아니라면 대체 누구지? 고양이에게 밥을 줄 때 나와 함께 있었던 사람은. 우리 학교 교복을 입고 내 옆에 쭈그려 앉아서 고양이를 지켜보던 사람은.

아무리 애써도 얼굴을 그릴 수가 없었다. 물감이 마르기 전 마구 문질러 버린 것처럼 기억 속에서 뭉개져 있었다.

그 아이와 나는 이런 대화를 나눴었다.

"너 길고양이 수명이 얼마나 되는지 알아?"

나는 핸드폰으로 '고양이 평균 수명'을 검색해서 나온 내용을 읽었다.

"아니, 바보야, 그거는 집에서 키우는 고양이일 때고. 길고양이 말이야."

그 아이는 피식 웃으면서 고개를 저었다.

"길고양이는 오래 못 살아. 길어야 이 년에서 삼 년이야. 매일 보던 애가 어느 날 사라지는 경우도 되게 흔해. 사체라도 발견할 수 있으면 다행이고, 어디서 어떻게 죽었는지 알 수 없을 때가 더 많아. 그러니까 애들한테 이름을 붙이는 거야. 이름을 붙이고 눈에 보이는 동안 자꾸자꾸 불러 보는 거야. 그렇게 하지 않으면 금방 잊어버리게 되거든. 우리 엄마한테 배운 거야."

나는 멍하니 벽에 띄워진 옥이의 사진을 보았다. 사진을 보면서 중얼거렸다.

"고양이…… 좋아하던 친구가 있었어, 우리 학교에. 나랑 같이 밥 주러 다녔었어."

일부러 그 아이에 대한 말을 입 밖으로 꺼내 보았다. 소리 내어 말하면 기억이 조금 더 날까 싶어서. 그 아이의 존재가 확실해질까 싶어서.

갑자기 호정이 내 팔을 잡았다.

"너 기억하고 있구나?"

나는 당황해서 호정을 돌아보았다.

"너도 기억하고 있었어."

호정이 재차 말했다. 안도하는 얼굴이었다. 심장이 두근거렸다. "이름을 붙이고 눈에 보이는 동안 자꾸자꾸 불러 보는 거야."라고 말하던 그 아이의 목소리가 귓가를 스쳤다.

"준비단은 원래 여섯 명으로 시작했어. 분명히 방송부 두 명, 학생회 두 명, 유가족이랑 생존자 둘. 그러니까 너 말고도 한 명이 더 있었다는 얘기야. 걔가 길고양이 밥 챙겨 주던 애고. 그런데 지금은 없어. 아무도 그 아이 이야기를 하지 않아. 나는 내 머리가 이상해진 줄 알았어. 근데 연서 너도 기억하고 있었구나. 내가 이상한 게 아니었어."

호정이 내 눈을 똑바로 마주했다. 호정의 눈에 물기가 차오르고 있었다.

"너만 기억하는 게 아니야. 나도 기억하고 있어. 기억하는데, 기억이 나지 않아. 그게 누구였는지."

호정과 나는 한참 서로를 바라보며 가만히 서 있었다. 그러다 멀리서 들려온 목소리에 정신을 차렸다.

"야, 이연서!"

그쪽으로 시선을 돌렸다. 혜민이 손을 흔들며 달려오고 있었다.

"혜민아. 여기 어떻게?"

"신호정 인스타 보고 왔지. 이쪽 길이 처음이라 좀 헤맸네. 너무 늦었나?"

"아니. 안 늦었어."

나는 와락 혜민을 끌어안으며 말했다. 혜민이 와 준 것이 고마웠다.

"너 괜찮아? 놀랐겠다."

혜민이 양손으로 내 얼굴을 감쌌다. 나는 고개를 끄덕여 보였다.

"지금은 괜찮아."

"어쩐지 학교에서 네가 기운이 없더라고."

"그랬어?"

"난 그 고양이 만난 적은 없지만, 그래도 같이 있어도 되는 거지?"

"당연하지. 여기 앉아."

나는 손수건을 깔아 놓은 좌석을 손짓했다. 혜민이 치마를 툭툭 털곤 자리에 앉았다.

"와 줘서 고마워. 아무도 안 오는 줄 알았어."

나는 작게 속삭였다. 혜민이 코를 찡긋했다.

"네 인스타에서 하도 봐서, 나도 그 고양이랑 알고 지낸 느낌이야."

"옥이도 너 만났으면 좋아했을 거야."

"안녕."

그때 호정이 어색하게, 좀 늦은 감이 있는 인사를 건넸다. 혜민은 인사 대신 빔프로젝터를 가리켰다.

"이거 네가 가져온 거야?"

"응."

"대단하다. 방송부는 다르네."

"방송부 물건 아니야. 우리 집에서 가져왔어."

"아무튼 대단하다고. 칭찬한 건데."

혜민이 발을 까딱였다.

언젠가 신호정과 정혜민이 친해지는 날이 올까? 나는 둘의 대화를 들으며 생각했다. 오지 않을 것 같기도 하고, 의외로 조금만 가까워지면 잘 맞을 것 같기도 하고.

"시작할게."

호정이 영상을 틀었다. 벽에 큼지막하게 옥이의 영상이 재생되었다. 핸드폰의 작은 화면으로 볼 때랑은 기분이 달랐다.

혜민이 빔프로젝터와 더 가까운 쪽에 앉아 있었지만, 호정은 굳이 빙 돌아서 내 옆자리로 와 앉았다. 나는 무릎을 세우고 다리를 끌어안았다. 혜민과 호정 사이에 앉은 채로 몸을 작게 웅크렸다.

아이들 사이에 끼어 있으니 안정감이 들고 좋았다. 어릴 때 벽과 침대 사이에 들어가 있던 때의 느낌이었다. 이대로 작아지고 작아져서 아예 동그랗게 변하면 좋을 것 같다고 생각했다.

조금도 걸리는 곳 없이 아주 작고 완벽한 동그라미가 되고 싶었다. 손안에 쏙 들어올 정도로 조그맣고 예쁘고 반짝거리는 동그라미. 그렇게 변해서 데굴데굴 굴러갈 수 있다면 좋을 것 같았다. 아주 동그란 것은 어디에도 걸리지 않기 때문에 세상 끝까지도 굴러갈 수 있을 것이다.

호정이 내 등을 천천히 토닥였다. 불현듯 호정과 혜민은 지루할 수도 있겠구나 싶었다.

아까 마주친 아저씨의 말은 어쩌면 혼자만의 생각이 아닐지도 모른다. 옥이의 장례식을 할 거라는 글을 보고 모여든 사람이 없는 것도 같은 이유일 것이다. 그들이 보기에 나의 슬픔은 이해할 수 없는 것이어서.

옥이는 내가 키우던 고양이는 아니었다. 유일하게 챙기던 길고양이도 아니었다. 하지만 나에게 옥이는 소중했고 옥이의 죽음은 슬펐다. 호정과 혜민은 이해할 수 있을까. 나랑 같이 밥을 주던 그 아이도 아닌, 살아 있는 옥이를 만나 본 적도 없는 이 아이들이.

그때 혜민이 내 팔을 잡아 팔짱을 끼곤 머리를 기댔다. 혜민의 길고 곱슬한 머리카락이 팔뚝 위로 늘어져 간지러웠다.

아쉽게도 누군가에게 붙잡혀 있는 이상은 동그라미가 될 수 없다. 아까는 호정이 내 등을 토닥였고, 이젠 혜민이 내 팔을 힘껏 끌어안고 있었으므로 한동안은 동그라미가 되기 힘들 것 같았다.

그날 이후로 나는 다시 추모제 준비단에 들어갔다. 사람들은 눈에 보이지 않으니 사라진 모양이라고 쉽게 생각했지만, 준비는 보이지 않는 곳에서 계속되고 있었다.

호정은 나에게 '열 명의 이야기'의 마지막 인터뷰이가 되어 달라고 말했다. 나는 승낙했다.

# 7. 분홍색 열매가 열리는 나무

그 아이의 책상은 교실 맨 뒤편 사물함 옆에 놓여 있었다.

"이 책상, 누가 쓰던 거였지?"

나는 혜민에게 물어보았다. 호정이 그랬듯이 혹시 혜민에게도 어렴풋하게나마 기억이 남아 있지 않을까 싶어서였다.

"처음부터 비어 있었던 거 아냐? 예비용 책상이잖아."

혜민은 어리둥절한 얼굴로 대답했다.

"아니야, 원래는 교실 한가운데 있었어. 선생님이 빈 책상을 교실 가운데에 두지 말라고 해서 저 뒤로 옮긴 거야. 기억 안 나?"

"몰라. 기억 안 나는데."

혜민은 여전히 모르겠다는 듯 고개를 갸웃거렸다.

"이상하지 않아? 처음부터 주인 없는 책상이었으면 애초에 왜 교실 한가운데에 있었겠냐고. 근데 책상을 옮기라고 하는 선생님도, 책상을 옮기는 애들도 이상한 줄을 몰랐어."

"그랬나?"

혜민은 다른 모두가 그렇듯이 그 아이를 기억하지 못했다.

책상의 주인이었던 그 아이가 수업 시간에 하는 일은 선생님들을 뚫어져라 응시하는 것이었다. 정자세로 허리를 꼿꼿하게 세우고 앉아서, 자기를 봐 달라는 듯이.

나는 그 아이가 저렇게까지 하는 게 부담스럽다가도, 언젠가 그 아이가 더 이상 앞을 노려보지 않는 날이 오면 서운할 것 같다고도 생각했었다.

그 아이는 어디로 갔지?

책상은 언제부터 비어 있었지?

집에 돌아와 현관문을 열자마자 큰일이 났다는 걸 알았다. 공기가 싸했다. 거실 탁자 앞에 앉아 있는 아빠의 어깨가 보였다. 아빠는 문 열리는 소리를 들었을 텐데도 나를 돌아보지 않았다.

뭘 걸린 거지? 찔리는 게 너무 많아서 뭐가 문제가 됐는지도 짐작하기 어려웠다. 거짓말도 했고 아빠가 싫어할 만한 일도 많이 했다. 학원비를 빼돌린 일? 저녁마다 나간 일? 그것도 아니면…….

"이연서, 이거 뭐야?"

아빠는 탁자에 내려놓은 핸드폰을 가리켰다. 핸드폰 화면에는 호정의 유튜브 채널이 띄워져 있었다. 아빠는 열 명의 이야기 프로젝트 중에 마지막 열 번째 인터뷰를 보고 있었다.

“너 왜 이런 걸 찍었어? 아빠한테 상의도 안 하고. 이거 너희 학교에서 시킨 거야?”

“호정이가 하는 거예요.”

“호정이? 그 추모제 준비하는 애?”

“네.”

“너 준비단 나온 거 맞지?”

“계속하고 있어요.”

“아빠한테는 나왔다고 했잖아. 아빠한테 거짓말했어?”

나는 대답하지 않았다. 그것이 아빠의 분노에 불을 지폈는지, 아빠는 쉬지 않고 말을 쏟아부었다.

“다른 사람들은 다 피해자 가족이던데, 너는 왜 거기 끼었어. 하다못해 얼굴이랑 이름이라도 가렸어야지. 이런 식으로 한번 노출되면 나중에 어떻게 될지는 생각 안 해 봤어?”

죄송하다는 말도, 그게 아니라는 말도 하지 않았다. 나는 잠자코 고개를 숙이고 아빠의 말을 들었다.

아빠는 혼자 화내고 혼자 진정하더니 혼자 방으로 들어갔다. 나는 탁자 무늬를 내려다보면서 방금 들은 말들을 곱씹었다.

이런 식으로…… 노출되면…… 나중에…….

아빠가 내뱉은 문장이 조각난 채 머릿속에서 맴돌았다.

아빠는 자주 말했다.

시간이 지나면 잊힐 거라고. 예전처럼 지낼 수 있을 거라고. 이런 식으로 하다가는 그날을 잊지 못할 거라고.

집을 나섰다. 하천을 향해 무작정 걸었다.

아빠의 말대로 해 보려고 했던 적도 있었다. 그렇게 하면 정말 뭔가가 더 나아질까 싶어서였다. 그날을 떠올리게 하는 물건을 전부 버린 것도 그런 노력 중 하나였다. 하지만 전부 소용없는 일이었다.

나는 잊을 수 없었다. 내가 잊을 수 없다면, 차라리 잊히고 싶다고 생각하면서 걸었다. 아빠에게서도 세상에게서도.

있다가 사라지면 그건 잊히는 것이 아니다. 그건 오히려 기억되는 것이다. 정수연의 가족이 정수연을 기억하듯이.

그러니까, 나는 죽고 싶은 게 아니다. 그게 아니라, 세상에서 아예 내 존재가 사라져 버렸으면 좋겠어. 처음부터 없었던 것처럼. 단 한 순간도 있었던 적이 없는 것처럼 말이야.

하수도 안으로 들어갔다. 투명한 막을 지나칠 때까지 계속 걸었다. 그런데 아무것도 보이지 않았다. 지난번에 옥이를 안고 왔을 때 왝왝이를 만날 수 없었던 것이 생각났다. 그래도 이번에는 막을 통과한 기분이 들었는데.

불안한 마음으로 제자리를 맴돌았다. 갑작스러운 소리에 고개를 돌리니 벽을 따라 질주하는 통통한 시궁쥐가 보였다. 어두운 통로를 망설임 없이 질주하는 쥐는 꼭 자신이 어디로 가는지 알고 뛰는 것처럼 보였다.

나도 저 쥐처럼 내가 갈 길을 알았으면. 나는 확신 없는 걸음을 옮겼다. 가야 하는 길은 알 수 없었지만, 그렇다고 가만히 있을 수도 없었다.

도도도, 작은 생명체가 달리는 소리가 멀리서 들렸다. 사방이 깜깜했다. 보이지 않는 어둠 속에서 점점 감각이 먹먹해졌다. 처음에는 시야가, 그다음에는 소리가, 그리고 이내 모든 감각이.

눈을 감았다. 닫힌 눈꺼풀 안에서 나 자신의 모습이 스쳐 지나갔다. 사방이 어두운 가운데 내가 허우적거리듯 걷고 있었다. 바닥도 없고 천장도 없었다. 앞과 뒤, 위와 아래의 구분이 의미가 없었다.

늪에 잠긴 것처럼 몸이 무거웠다. 걷는 중이었지만 앞으로 나가고 있는 것인지 확신이 들지 않았다. 한없이 가라앉는 느낌이 들었다. 허우적대던 발끝에 무언가가 걸렸다. 몸이 앞으로 기울었고 동시에 모든 감각이 원래대로 돌아왔다. 나는 거칠게 앞으로 고꾸라졌다.

바닥에 얼굴을 박으며 눈을 떴다. 코가 얼얼했다. 짓이겨진 풀과 축축한 흙냄새가 치고 올라왔다. 본능적으로 손바닥을 그러쥐었다. 높이 자란 풀들이 손가락 사이사이로 튀어나왔다.

몸을 일으켜 주위를 둘러보았다. 눈앞으로 드높은 하늘과 탁 트인 들판이 있었다. 바로 뒤에는 내가 튕겨 나온 동굴의 입구가 있었다. 넘어지며 부딪힌 무릎을 털었다. 늘어난 체육복 바지의 무릎에 초록색 물이 들어 있었다.

누가 가르쳐 주지 않아도 여기가 어디인지 알 수 있었다.

멀리 익숙한 사람의 형체가 보였다. 가슴이 두근거렸다.

"이것부터 먹어."

왝왝이가 건네준 열매를 받아 들었다. 열매의 분홍색 껍질에는 노란빛 솜털이 촘촘히 돋아 있었다. 손가락에 힘을 주면 푹 들어갈 정도로 물렀다. 엄지에 힘을 주어 반으로 갈랐다. 손가락을 타고 미끈거리는 과육이 흘렀다. 핵과류인 듯 한가운데에 크고 검은 씨앗이 덩그러니 박혀 있었다.

"무슨 열매야?"

"이름은 모르는데, 맛있어. 나는 매일 이걸 먹어."

열매의 생김새가 마음에 들지 않았다. 코밑까지 가져다 대고 킁킁거려 보았지만 아무 냄새도 맡을 수 없었다.

나는 주저하며 씨가 박히지 않은 쪽을 조금 베어 물었다. 과육은 입에 넣자마자 순식간에 녹아 형체도 없이 사라졌다. 단맛이 입안을 가득 채웠다.

"맛있다."

"맛있다니까."

왝왝이가 그럴 줄 알았다는 듯이 활짝 웃었다.

"여긴 내가 제일 좋아하는 장소야."

우리는 분홍색 열매가 한가득 달린 나무 아래에서 열매를 먹었다. 먹어도 먹어도 물리지 않았다. 배가 불러서 못 먹을 지경이 되지도 않았고, 질려서 그만 먹고 싶다는 생각이 들지도 않았다. 열매라기보다는 꼭 공기 같았다.

"원하는 만큼 담아. 언덕에 올라가자. 거기선 마을이 다 보여."

왝왝이가 나무 밑에 있던 바구니를 내게 주었다. 바구니가 넘치도록 열매를 따서 담고는 왝왝이를 따라 걸었다. 걷는 동안 수많은 나무를 지나쳤다. 나무들은 하나하나가 전부 다른 모양새로 가지를 뻗고 있었다.

길옆으로는 좁은 강이 흘렀고, 강 건너에는 언덕으로 이어지는 길이 있었다. 강의 너비는 우리 동네의 하천과 비슷했다.

언덕을 오르자 정말 마을 전경이 한눈에 내려다보였다. 서로 다른 빛깔의 열매를 매단 나무들과 여기저기 흩어져 있는 사람들도 보였다.

“사람이다.”

“내 친구들이야.”

“너희끼리는 다 알고 지내?”

“응, 우린 다 친구야.”

사람이 아주 많아 보이진 않았다. 작게나마 이목구비가 보이는 사람도 있고, 멀어서 아예 면봉처럼 보이는 사람도 있었다. 전부 우리 또래로 보였다.

“쟤네는 너를 뭐라고 불러?”

내가 물었다.

“모르겠는데.”

“친구라며. 너희끼리 대화를 할 거 아냐.”

“대화는 하지. 근데 서로 이름을 부르진 않아.”

“그럼 누군가를 불러야 할 때는 뭐라고 말해?”

“우리는 그냥 알아. 그 애가 나를 부르고 있구나.”

이해하기 힘든 소리였다. 하수구에서 철창을 사이에 두고 얘기하던 때가 생각났다. 왝왝이는 지금도 자신의 세계에 대해, 그리고 자신에 대해 모르는 것이 많은 것 같았다.

답답하다는 생각은 들지 않았다. 왜 모르냐고 다그치고 싶지도 않았다. 왝왝이가 모르는 것이 당연하게까지 여겨졌다. 말로 설명하긴 어렵지만, 나도 곧 많은 걸 모르게 될 것 같은 느낌이 들었다.

나는 바구니에서 열매를 꺼내 아까처럼 반으로 나누어 왝왝이에게 건넸다. 나란히 앉아 탁 트인 풍경을 감상하며 열매를 먹고 있으니, 뭔가를 묻고 싶은 마음은 처음부터 없었던 듯이 사라졌다. 호기심도 사라지고 궁금한 것도 사라졌다.

어디선가 음악 소리가 들렸다. 어느 방향에서 들려오는 소리인지, 얼마나 멀리서 시작된 소리인지는 알 수 없었다. 그저 이 세계를 감싸 안는 음악이 듣기 좋을 뿐이었다. 아무래도 내가 '모르고 싶은 것'이 벌써 하나씩 생겨나고 있는 모양이었다.

이곳의 하늘은 시시각각 색을 달리했다. 시간 감각을 잊은 채 멍하니 하늘을 올려다보았다. 군청색이던 하늘이 눈을 몇 번 깜박이는 사이에 칙칙한 주황색으로 변해 있었다. 문득 지상 세계의 하늘은 지금 어떤 모습을 하고 있을지 궁금해졌다. 여전히 한밤중일까? 나도 모르게 생각의 방향이 그곳으로 뻗어 갔다.

잠이 오지는 않았다. 피곤하지도 않았다. 아빠 생각이 났다. 아빠는 좀 잤을까? 그렇게 뛰쳐나왔으니, 아빠 방의 불은 계속 켜져 있을 것이다. 학교 생각도 났다. 내가 등교하지 않으면 혜민도 호정도 걱정할 것이었다. 내가 챙겨야 할 고양이들도 생각났다.

"아무래도 가 봐야겠어."

내가 말했다.

"가 본다고?"

왝왝이가 놀란 눈으로 나를 보았다. 그렇게 놀랄 일인가?

"너무 오래 있었던 것 같은 느낌이야. 아빠가 걱정하시겠어. 학교도 가야 하고."

"어……."

"돌아가려면 어떻게 해야 해?"

내가 물었다. 동굴로 돌아가면 되는 걸까? 감각이 먹먹해지고 어둠 속에서 허우적거리던 순간이 떠올랐다. 그곳에선 알 수 없는 힘이 작용하는 것 같았다.

왝왝이는 난감한 표정을 지었다.

"돌아가는 법…… 개라면 알지도 모르겠지만……. 따라와 봐."

왝왝이는 확신 없는 얼굴로 나를 일으켜 세웠다.

숲 뒤쪽으로 커다란 건물이 있었다. 안으로 들어서니 여기저기 앉아 있는 아이들이 보였다. 옆 학교의 교복과 비슷한 옷을 입고 있는 여자애도 있었다. 왝왝이는 그 여자애에게 가서 무언가를 속삭였다. 교복 여자애가 내 쪽으로 시선을 주었다.

"새로 왔구나?"

교복 여자애가 나를 향해 말했다. 나는 대답하지 않고 눈을 깜박였다.

"반가워."

교복 여자애가 활짝 웃었다.

새로 왔다니, 그럼 이들도 처음부터 여기 있었던 게 아니라 어디에선가 왔다는 뜻인가? 왝왝이를 포함해서?

"어, 안녕. 그런데 나는 이만 가 보려고 하거든. 지상으로 돌아가려면 어떻게 해야 하는지 알고 있어?"

"왜 돌아가려고 해? 여기 좋지 않아? 네가 원하면 영원히 있을 수 있어. 힘든 기억은 하나씩 사라질 거야."

힘든 기억. 그 말을 듣자 안에서 무언가 꿈틀하는 듯했다. 나는 그 기분을 뿌리치려 말을 돌렸다.

"너희는 여기 온 지 얼마나 됐어?"

"그걸 기억하는 애는 아무도 없을걸. 그런 건 벌써 다 잊었어."

"얼마나 오래 있었길래?"

"너를 데려온 이 애가 제일 최근에 왔는데, 얘도 온 지 꽤 된 것 같아."

교복 여자애가 왝왝이를 보며 말했다. 왝왝이는 시선을 아래로 떨군 채로 읽기 힘든 표정을 짓고 있었다. 그 순간, 어쩌면 돌아갈 수 없을지도 모른다는 생각이 들었다.

떠나는 것을 생각해 보긴 했지만 실제로 계획을 세웠던 적은 없었다. 떠나기 전엔 무얼 해야 할까 막연히 생각해 본 정도가 다다. 먼저 어느 곳으로 떠나면 좋을지 조사가 필요하겠지. 그다음엔 정리하는 과정이 필요할 것이다. 내가 사는 곳과 만나는 사람들에 대한 정리 말이다. 물건을 처분하고, 사람들에게 인사하고, 떠나는 이유를 설명하는, 그런 과정을 상상했었다. 그런데 지금의 나는 아무 준비도 하지 못하고 떠나와 있었다.

"가야 해. 날 찾을 사람이 많아."

"처음에는 그렇겠지만 그것도 잠깐이야. 사람들은 금방 잊어. 네 얼굴부터 시작해서, 네 이름, 결국에는 네가 존재했었다는 것까지. 다들 네가 사라졌다는 사실조차 기억하지 못하게 될 거야. 그렇게 되기까지는 오래 걸리지 않을 거고."

순간 말문이 막혔다. 손끝이 저릿하게 아팠다.

"내가 이대로 돌아가지 않으면, 아빠는 자기 탓이라고 생각할 거야. 그리고 나는……."

"자기 탓이라고 생각하든 말든 금방 다 잊을 거라니까."

교복 여자애가 의미심장한 미소를 지으며 말했다.

"남겨진 사람들 걱정, 여기 있는 애들은 안 해 봤을 것 같아?"

무작정 집을 나오던 순간을 떠올렸다. 소리를 지르던 아빠의 얼굴. 돌아가더라도 달라진 건 없을 것이다. 모든 게 그곳에 그대로 남아 있을 터였다. 나는 분명 또 떠나고 싶어질 것이다. 하지만…….

"나는 가야 해. 어떻게 하면 돌아갈 수 있어? 그거나 알려 줘."

나는 힘주어 말했다.

교복 여자애는 어깨를 으쓱했다.

"간단해. 열매를 먹지 말고 기다려. 그럼 돌아갈 수 있어. 먹은 열매의 양에 따라 기다려야 하는 시간은 달라지겠지만. 벌써 많이 먹은 건 아니겠지?"

분홍빛 열매가 열린 그 나무 아래로 돌아왔다. 나는 슬쩍 왝왝이를 보았다. 마음이 좋지 않았다. 왝왝이를 내버려두고 나 혼자 떠나려는 것 같은 기분이 들었다.

"왝왝아."

"응?"

나는 잠시 말을 잇지 못했다. 여기에 있게 되면 결국에는 모든 것을 잊게 된다고 했지. 왝왝이는 무엇을 잊었을까.

나는 묻고 싶었다. 뭐가 너를 그렇게 힘들게 했어?

"미안해."

"나한테 왜 미안해?"

"그냥, 오래 못 있어서."

나는 정작 궁금한 것은 묻지 못하고 다른 대답을 했다. 왝왝이는 재미있는 말을 들었다는 듯 작게 웃었다.

"궁금증은 풀렸어? 내가 지내는 곳이 궁금하다고 했잖아."

왝왝이의 목소리는 나를 달래듯 나긋나긋했다.

"응. 열매도 맛있고 하늘도 예쁘다. 앉아서 쉬는 것도 기분 좋았어. 와 볼 수 있어서 좋았어."

"재미있었지? 우리 같이 이것저것 했잖아."

"재미있었어."

"그러면 됐어."

서늘하고 부드러운 왝왝이의 손바닥이 내 손등을 감쌌다. 멀리서 들려오던 노래는 언제인지도 모를 사이에 멈춰 있었다. 우리는 그 상태로 오래 머물렀다.

"신기하다. 몇 시간은 지난 것 같은데 하나도 배가 고프지 않다니. 오히려 몸이 가벼워진 기분이 들어."

나는 스스로에게 말하듯이 중얼거렸다.

왝왝이는 가만히 나를 응시했다. 나는 이제 돌아갈 수 있게 되었다는 걸 알았다.

"통로까지 나를 데려다줄래?"

왝왝이는 내가 처음 도착했던 곳으로 나를 데려다주었다. 나는 동굴 입구를 마주하고 섰다.

"들어가서 쭉 걷다 보면 너랑 내가 늘 만나는 곳이 나올 거야."

왝왝이가 동굴 안을 가리키며 말했다.

"할 수 있겠어?"

나는 고개를 끄덕였다.

"나, 갈게."

내 인사에 왝왝이가 손을 흔들었다.

"금방 다시 보자."

나는 왝왝이를 뒤로하고 동굴로 들어갔다. 아무것도 보이지 않았지만 걸음을 내딛는 데 망설임은 없었다. 쭉 가면 된다고 했으니까. 왝왝이가 그렇게 말했으니까.

어느 순간부터 발밑의 단단했던 땅이 물러지는 느낌이 들었다. 다리의 무게가 느껴지지 않았고 한 걸음 내디딜 때마다 바닥이 튕기듯 나를 밀어내는 듯했다.

몸이 가벼워지자 걸음이 빨라졌다. 나는 거의 뛰듯이 걸었다. 숨이 차오르지도 않았다. 이렇게 깡충거리다가 바람을 타고 먼 곳으로 날아가 버리는 건 아닌가 싶을 정도였다. 이대로 세상 끝까지 달려 나갈 수 있을 것 같았다. 그러다 얇은 막을 지나쳤고, 견디기 힘들 정도의 하수도 냄새가 코를 찔렀다. 나는 눈을 떴다.

하수도를 빠져나가 산책로에 올라섰다. 크게 숨을 들이마셨다. 체육복 바지는 물로 흠뻑 젖어 있었다. 쭈그려 앉아서 바지 밑단을 비틀어 짰다. 검은 물이 뚝뚝 떨어졌다.

아파트 단지에 도착했을 때까지도 바지는 무겁게 젖어 있었다. 엘리베이터 옆의 시계는 자정 오 분 전을 가리켰다. 핸드폰을 열어서 날짜를 확인했다. 요일이 바뀌지 않았다. 고작 두어 시간이 흘렀을 뿐이었다.

거울에 비친 내 얼굴은 창백했다. 꿈을 꾼 것일까도 잠시 생각해 보았다. 체육복 바지의 무릎 부분에는 여전히 푸르스름한 풀물이 들어 있었다.

교복 여자애가 한 말을 거듭 곱씹으며 거울 속의 나와 눈을 마주했다.

'네가 원하면 영원히 있을 수 있어.'

'다들 네가 사라졌다는 사실조차 기억하지 못하게 될 거야. 그렇게 되기까지는 오래 걸리지 않을 거고.'

'금방 다 잊을 거라니까.'

사라지는 것과 잊히는 것. 내 머릿속에서 지우고 싶은 것과 남들이 잊었으면 하는 것.

사람들은 모두 내게 잊으라고 말했다. 빨리 일상으로 돌아갈 수 있기를 바란다는 말을 덕담처럼 건넸다. 하지만 그날 이전의 나와 이후의 내가 같은 사람일 수는 없었다. 시간이 지날수록 나는 예전으로 돌아갈 수 없다는 것을 실감하기만 했다.

또 어떤 사람들은 나를 완전히 변해 버린 사람 취급했다. 뉴스에서 나를 언급하며 사용했던 트라우마, 충격, 상처 같은 단어들. 눈앞에서 목격한 친구의 죽음. 같이 버스를 타고 가던 친구 어머니의 사망. 어디서 물 떨어지는 소리만 들려도 내가 벌벌 떠는 줄 아는 사람들. 내가 물에 발도 못 담그는 사람이 되었을 거라고 믿는 사람들.

그들 사이에 끼여서…… 어디서는 다 잊고 털어 낸 여자애 노릇을, 어디서는 그날의 충격에 망가져 버린 여자애 노릇을 하면서……

나는 잊히기를 바랐나. 스스로 잊기를 바랐나.

그곳의 아이들은 잊히기를 바랐던 아이들일까, 아니면 잊고 싶은 게 있었던 아이들일까.

나는 잊히고 싶지도, 잊고 싶지도 않았다.

나는 돌아왔다. 왝왝이의 세계에 남을 수 있었는데도 그러지 않기로 했다.

기억하기 위해 돌아왔으므로, 다시는 무엇도 잊지 못할까 두렵기도 했다. 하지만 잊느니 기억하는 게 나은 것 같았다. 적어도 돌아오겠다고 스스로 결정한 이상은 그랬다.

다른 사람들이 기억해 준다면 나는 잊을 수도 있을 것이다. 하지만 내가 기억하지 않으면 누구도 기억하지 않을 것 같았다.

반대로, 내가 기억하고 있으면 영원히 잊히지 않을 것 같았다. 나로부터 시작된 기억은 점차 퍼져 나갈 수 있을 것 같았다. 모두가 기억하는 날, 나는 비로소 간간이 잊을 수도 있을 것이다.

어쩌면 그곳의 아이들은 무언가를 도저히 잊을 수 없는 아이들일지도 모른다.

현관을 열고 들어갔다. 문 열리는 소리에 아빠가 소파에서 벌떡 일어났다.

"연서야."

아빠가 걱정과 안도가 섞인 표정으로 내게 다가왔다. 나는 주춤 뒤로 물러섰다.

"잠깐 걷고 왔어요."

나에게는 잠깐이 아니었지만, 이곳에서는 잠깐이었을 테니까.

아빠가 푹 젖은 내 바지 밑단을 보았다. 나는 그 시선을 알아채고 급히 덧붙였다.

"오다가 물웅덩이에 빠졌어요."

# 8. 그 아이의 이름은

아침 뉴스에서는 일본을 강타한 태풍 얘기가 한창이었다. 주말에는 한반도까지 영향을 줄 수 있다고 했다. 기상 캐스터가 가리키는 태풍의 이동 경로를 보며 아침을 먹었다.

추모제가 일주일 앞으로 다가왔다.

원래 추모제는 음악회와 낭독회로 진행될 예정이었으나, 갑작스러운 공지가 전해졌다. 학교 구성원들의 안전을 위해 외부인을 교내 행사에 부를 수 없다는 것이었다.

납득할 수 있는 이유는 아니었다. 축제 때면 학교는 외부에서 진행자를 데려오고, 근처 학교의 공연팀을 초대해 오기도 했다. 이름을 처음 들어 보는 동기 부여 강사라는 사람이 전교생을 모아 놓고 강연을 하기도 했었다.

합창단과 메일을 주고받으며 소통을 담당했던 호정은 분한 얼굴로 고개를 저었다.

"나도 그렇게 말했지. 그랬더니 이번에는 또 말을 바꿔. 우리가 부르는 합창단이 순수한 예술을 하는 단체가 아니라 정치색이 강한 단체라서 안 된대. 처음부터 끝까지 다 헛소리야. 이렇게까지 치사하게 굴 줄은 몰랐어. 추모제 계획서 제출한 게 언젠데, 이제 와서……."

"그러면 어떻게 해?"

"음악회는 나중에 따로 진행해야지. 외부에서라도 꼭 하자. 학교에서 하려던 것보다 더 크게. 사람도 더 많이 모으고. 그때는 왜 학교가 아니라 밖에서 하게 되었는지 모두에게 알릴 거야. 우리 학교가 얼마나 비겁한지 소문낼 거야."

그렇게 말하는 호정의 목소리는 간신히 울음을 참는 듯 작게 떨리고 있었다.

결국 이번 추모제에서는 우리끼리 낭독회만 진행하는 것으로 결정했다. 각자 읽고 싶은 글을 가져와서 무대에 나가 읽는 것이었다. 사전 신청을 하지 않은 사람도 낭독하고 싶은 구절이 있다면 함께할 수 있도록 현장 참여를 열어 둘 예정이었다.

나는 무엇을 낭독해야 할까? 낭독회에는 한 번도 가 본 적 없었다. 사실 이번 추모제를 준비하기 전까지는 낭독회라는 단어조차 들어 본 적이 없었다.

"그 자리에 있는 사람들이랑 공유하고 싶은 글이면 좋지. 평소에 좋아하던 글이나, 새로 찾은 글이어도 좋고. 혼자 읽기 아까웠던 글도 좋고, 수연이한테 들려주고 싶은 글이어도 좋고. 정말 자유야. 제약은 아무것도 없어."

그렇게 들으니 더 막막했다. 일단 집에 있는 책들부터 뒤적여 보았다. 어렸을 때 재미있게 읽었던 동화, 읽고 코끝이 찡해졌던 소설, 국어 문제집에 실려 있는 시까지. 하지만 이거다 싶은 글은 없었다. 추모제가 이틀 앞으로 다가올 때까지도 마음을 정하지 못했다.

"편하게 하고 싶은 말을 해. 네가 직접 쓴 글을 읽어도 돼."

고민하는 나에게 호정이 말했다.

문제는 또 있었다. 행사를 시작하며 학교 대표로 추모사를 해 줄 선생님이 필요했다. 교장 선생님과 교감 선생님은 이유도 설명하지 않고 참석을 거부했다. 학교 선생님 중에 참석을 약속한 사람은 옆 반 담임인 국어 선생님, 단 한 사람뿐이었다. 참석을 약속해 놓고 옥이의 장례식에 오지 않았던 사람들처럼, 어쩌면 국어 선생님도 오지 않을지 몰랐다.

"대신 해 줄 사람을 미리 구해 놓는 건 어때? 선생님이 약속을 어길지도 모르잖아."

내가 제안했다. 하지만 학생회 여자애는 고개를 저었다.

"선생님은 오실 거야."

"오지 않으면?"

"그럼 그냥 순서를 비워 놓자. 원래 하기로 했던 선생님이 오지 않아서 그렇게 되었다고 사실대로 말하자."

나는 고개를 끄덕였다.

교실로 돌아온 나는 사물함 옆의 비어 있는 책상을 보았다. 아니, 책상은 비어 있지 않았다. 그곳엔 팔짱을 끼고 앉은 아이가 있었다. 앞으로 튀어 나갈 듯 기울어진 몸에서 그 아이가 정면을 쏘아보고 있다는 걸 알 수 있었다.

서둘러 책상 쪽으로 향했다. 그러나 그 아이는 사라지고 없었다.

이런 일이 며칠째 반복되는 중이었다.

그곳에서 돌아온 후로, 그 아이의 모습이 보이기 시작했다. 일상 곳곳에 예고도 없이 불쑥 등장했다.

없던 일을 보는 게 아니었다. 나는 공간이 품고 있는 기억의 단면을 보았다. 그 장소에서 실제로 있었던 일이었다. 복도에서, 남자 화장실 앞에서, 강당에서, 작은 미술실에서, 매점에서. 그 아이가 한번 나타났다가 사라질 때마다 머릿속에선 그 아이와 있었던 일들이 파노라마처럼 스쳐 지나갔다. 기억은 퍼즐이 맞춰지듯 듬성듬성, 그러나 매 조각이 분명하게 되살아났다.

"너는 죽지도 다치지도 않았으면서 왜 힘들어해? 너는 무사히 빠져나왔잖아. 너는 누구도 잃지 않았어."

그 아이는 나에게 그렇게 화를 냈던 적이 있었다. 못된 말이었다.

"그렇게 말하면 안 되는 거였어. 미안해."

그 아이는 그렇게 사과하기도 했었다.

그 아이는 일주일에도 몇 번씩 너는 살았잖아, 라는 말과 네가 어떤 기분일지 나는 상상도 안 돼, 라는 말을 반복했다. 그 아이는 변덕스러웠다. 나를 대하는 그 아이의 기분은 고작 등교 시간과 하교 시간 사이에도 휙휙 뒤집히곤 했다.

우리는 셀 수도 없이 싸우고, 울고, 화풀이하고, 서로를 원망했다. 그리고 그보다 많이 화해하고, 사과하고, 위로하고, 서로를 생각했다. 나는 그 애를 보면서 그 아이의 어머니를 떠올렸고, 그 아이는 나를 볼 때마다 자신의 어머니를 떠올렸다. 떠올리지 않을 수 없음을 인정한 후에, 우리는 비로소 가까워졌다.

서로를 이해할 수 있는 건 서로뿐일 거라고 그 아이는 말했었다. 그 말에 동의하진 않았지만, 그 아이가 그런 생각을 하고 있다는 게 좋았다.

우리는 작은 미술실에 웅크려 함께 울었다.

미술실 창문 너머로 내리는 진눈깨비를 지켜보았다.

밤사이 비가 내리는 날이면 전화를 걸어 서로의 안부를 물었다. 아무리 늦은 새벽이어도 그 아이는 전화를 받았다.

그 새벽들에 그 아이와 나눈 대화를 차곡차곡 쌓아 두었었는데. 우리 사이에 오간 대화는 어느새 언덕을 이룰 정도로 쌓여 있었는데. 그 대화들은 그 아이와 통화하지 않는 밤에도 나를 잠들 수 있게 도와주었었는데.

언제부터 그 대화를 잊었지? 그 기억은 어디로 사라진 거지?

나는 어느 사이에 그 아이를 잃었지?

한순간에 사라진 게 아니었다. 서서히 사그라져 갔던 순간들이 분명히 있었다. 그때 나는 오히려 잘됐다고 생각했었을지도 모른다.

무언가를 잃어버린 줄도 모르고 잃어버릴 수도 있었다. 나는 그 사실을 아주 늦게 알아차렸다. 기억하려 애쓰지 않으면 잃을 수 있는 것이 너무나도 많았다.

그 아이가 사라지고 나는 비 내리는 새벽에 전화를 걸 곳을 잃었다. 그 아이가 사라지고 나는 비 내리는 날이면 하천 산책로로 달려갔다. 그 애가 사라진 줄도 몰라서, 내가 뭘 잊은 줄도 몰라서, 왜 달려가야 하는지도 모르고 무작정 달렸다.

그 아이의 책상을 들어서 교실 정중앙에 가져다 놓았다. 의자까지 옮겨 놓고 그 자리에 앉아서 교탁을 보았다. 잠시 앉아 있었을 뿐인데도 목이 뻣뻣하게 굳는 느낌이었다.

이번에는 내 자리로 돌아와 그 아이의 자리를 보았다. 비어 있던 의자에 그새 누군가가 앉아 있었다. 이번에는 그 아이도 나를 돌아보고 있어서 얼굴을 확인할 수 있었다.

나는 수업 시간에 종종 그 아이를 훔쳐보았었다. 그 아이와 나 사이에는 시야를 가로막는 등짝이 많았다. 고개를 이리저리 틀어 기둥처럼 세워진 등짝들 사이로 얼핏얼핏 보이는 뒷모습을 찾았다. 그러다 그 아이와 정통으로 눈이 마주친 적이 있다. 그 아이는 장난스러운 눈빛을 하고 검지와 중지로 자신의 눈을 가리켰다가 내 쪽을 가리켰다.

지금 그 아이가 저곳에 앉아서 나를 바라보고 있다. 잠시라도 눈을 깜박였다가는 다시 빈 책상이 될까 두려워 눈을 부릅뜨고 그 아이를 마주 보았다. 노력이 무색하게도 그 아이의 모습은 얼마 지나지 않아 허공으로 흩어졌다. 하지만 나는 이미 그 아이의 얼굴을 눈에 담았다.

짧게 깎은 머리카락. 툭 튀어나온 귀. 길고 얇은 입술. 까무잡잡한 얼굴. 그보다 짙은 눈가.

오랫동안 잊고 있었지만 최근까지도 마주했다. 그 아이는 이런 모순을 허용하는 존재였다. 언젠가 하수도 안에서 손을 잡았을 때 들었던 익숙한 느낌을 생각했다.

그 아이의 책상으로 가서 서랍에 손을 넣고 훑었다. 우둘투둘한 느낌이 났다. 고개를 숙여서 안쪽을 들여다보았다. 책상 아래 나무 부분에 뾰족한 것으로 긁어 놓은 흔적이 있었다.

그곳에는 어떤 이름이 선명하게 새겨져 있었다.

그 이름을 발음해 보던 나의 눈에 무언가가 들어왔다. 아까까진 아무것도 없었던 책상 서랍 안쪽에, 희끄무레한 것이 먼지와 함께 굴러다니고 있었다. 공처럼 둥글게 말려 있는 종이였다.

책상을 기울이자 구겨진 종이가 바닥으로 툭 떨어졌다. 그것을 주워서 펼쳤다. 빼곡하게 적힌 문장 대부분이 가로줄로 직직 지워져 있었다.

~~내가 그렇게 못된 사람인가?~~

~~너도 조금만 더 적극적으로 나서 주면~~

~~나도 이제는 극복해 보려고.~~

새까맣게 지워진 글씨들 아래로, 지워지지 않은 한 문장이 남아 있었다.

못되게 말해서 미안해.

그 아이는 어머니와의 추억을 이야기하는 것을 좋아했다. 그 아이의 어머니 박윤희 씨는 고양이를 좋아했다. 아침마다 동네

고양이들에게 먹이를 챙겨 주었다. 건조대에 걸린 박윤희 씨의 원피스 밑자락에는 고양이 털이 항상 묻어 있었다.

박윤희 씨는 언젠가 고양이를 키우자는 말을 버릇처럼 했다. 집주인이 싫어하니 지금은 안 되지만, 우리 집을 사면 고양이와 함께 살자. 어렸을 때부터 들었던 말이라, 그 아이는 그것이 희망사항일 뿐 이루어지지 않을 일이라고 생각했다.

그날 이후, 그 아이는 박윤희 씨 대신 동네 길고양이의 밥을 챙겨 주기 시작했다. 우리 동네에는 고양이가 많았고 고양이를 싫어하는 사람은 더 많았다. 그 아이와 나는 욕을 들으면서도 길고양이의 밥을 챙겨 주고 다녔다.

쭈그리고 앉아서 밥을 먹는 고양이를 물끄러미 내려다보던 뒷모습.

그 아이가 사라진 뒤에도 나는 하천으로 고양이를 만나러 다녔다. 내가 어떤 계기로 고양이에게 밥을 주기 시작했는지는 잊어버리고, 늘 하던 일이니까 밥을 잔뜩 챙겨서 하천으로 나갔다.

내가 나타나면 경계하는 듯 아닌 듯 주저하며 다가오는 고양이들을 보면서, 반갑다는 듯이 총총 달려와 나를 올려다보는 옥이를 보면서, 나는 그 아이가 고양이들을 보면 좋아하겠다고 생각했다. 그 아이를 기억하지도 못했으면서.

하지만 이제 나는 기억할 수 있었다.

그 아이의 이름은 김재선이다.

왝왝이의 이름은 김재선이다.

"그건 재선이었어."

나는 혜민에게 달려가 말했다.

"김재선이었어. 이제 다 기억났어. 왜 아무도 말하지 않는 거지? 어떻게 재선이가 원래부터 없었다는 듯 그 애를 지울 수가 있었던 거야? 그 아이의 자리가 아직 있는데. 빈 책상이 떡하니 우리 앞에 있는데. 어떻게 그 주인을 궁금해하지 않을 수가 있었지?"

"무슨 말이야? 김재선이 누군데?"

혜민이 도통 무슨 말을 하는 건지 모르겠다는 눈으로 나를 보았다.

"차근차근 말해 봐."

"나, 김재선이 어디 있는지 알고 있어. 김재선은 지금 지하에 있어. 하수도 안으로 들어가면 만날 수 있어. 재선이는 분명 다시 돌아오고 싶은 거야. 그러니까 나를 보러 나왔던 거야."

나는 혜민의 팔을 간절하게 붙잡았다.

"재선이를 데려와야 해. 최대한 빨리. 정말로 돌이킬 수 없게 되기 전에. 오래 떠나 있을수록 멀어질 테니까."

"지하? 하수도 안?"

"나 매일 밤 김재선을 만났어. 매일 만나면서도 그 아이가 김재선인 줄 모르고 있었어. 김재선도 나를 잊고 있었던 거야. 자기가 누구인지도 잊고, 그동안 무슨 일이 있었는지도 잊고, 거기서 지내고 있었던 거야. 맞아, 그러면 전부 설명이 돼. 이제야 알겠어."

"진짜로 무슨 말을 하는 건지 하나도 모르겠어, 연서야. 너 지금 좀 이상해. 잠깐 앉아 있어 봐, 담임 불러올게."

"선생님이랑 얘기해서 될 문제가 아니야. 나 김재선을 데리고 올게."

나는 내 이름을 부르는 혜민을 뒤로하고 학교를 뛰쳐나왔다.

가득 차 있던 확신이 하수도로 향하는 동안 서서히 사라졌다. 확신이 사라지고 생긴 빈 자리를 불안이 다가와 채웠다.

정말 왝왝이는 재선이 맞을까? 둘은 다른 존재가 아닐까? 설령 한때는 재선이었다고 해도, 이제는 왝왝이가 되어 버린 건 아닐까?

왝왝이에게는 재선이었던 때의 기억이 없었다. 내가 기억해 냈다고 해서 뭐가 달라질까. 내가 알던 재선은 영영 사라져 버린 게 아닐까.

온갖 생각들이 머릿속을 휘저었다.

왝왝이는 평소와 다를 바 없이 나타났다.

"잘 지냈어?"

나는 인사를 건네고도 안절부절못했다. 왝왝이와 제대로 눈도 마주치지 못하고 시선을 이리저리 돌렸다.

"연서야."

"왜?"

"이연서."

왝왝이가 내 이름을 불렀다.

"하천 고양이들, 계속 챙겨 주고 있었구나."

쿵, 심장이 내려앉았다. 나를 바라보는 왝왝이의 얼굴에 보일 듯 말 듯 미소가 떠올랐다.

"네가 기억한 순간, 나도 기억했어."

짧았던 그 세계에서의 시간은 분명히 나를 바꾸어 놓았다. 두 세계의 경계를 넘어 본 뒤, 나는 잊었던 것들을 기억하기 시작했다. 교실 책상에 앉아 있던 아이의 얼굴, 그 아이와 함께 보냈던 시간. 원래 그곳에 있었던 것을 보고 듣기 시작했다. 어쩌면 똑같은 일이 왝왝이에게도 일어났던 것일까.

"재선아."

마침내 그 이름을 소리 내어 불렀다. 재선. 김재선. 혜민의 앞에서 말할 때와는 또 다른 기분이었다. 자꾸자꾸 부를수록 기억은 또렷해졌다.

"재선아."

재선이 고개를 끄덕였다.

"내 이름은 김재선이야."

속에서 무언가 울컥 차올랐다. 나는 재선의 손을 붙잡았다.

"돌아가자."

재선이 차분히 고개를 저었다. 나는 이해할 수 없었다.

"왜?"

"돌아가고 싶지 않아."

재선이 이어 말했다.

"사람들은 나를 다 잊었고, 나도 지금이 편해. 돌아가서 다시 그 시간을 겪고 싶지는 않아."

기억을 되찾은 재선은 어떤 감정을 느꼈을까.

재선이 그 세계로 가게 된 이유 중에는 목소리를 높이는 재선을 때때로 부담스러워하던 나의 시선이 있었을지 모른다.

나는 서둘러 말했다.

"다 잊은 게 아니야. 나도 널 기억하고, 호정이도 너를 기억하고 있어. 분명 너를 기억하는 아이들이 더 있을 거야. 그러니까 돌아오기만 해. 곧 있으면 추모제야. 네 덕분에 열리는 추모제야. 재선아, 네가 없으면 안 돼."

"연서야, 생각해 봐. 그런다고 뭐가 달라지겠어? 하루아침에 사람 스무 명이 죽어도, 밤사이 남자애 하나가 증발해도, 달라지는 건 없었어. 사람들은 기억하려고 노력하기는커녕 잊으려고만 해. 잊어야 편하니까. 잊는 게 가장 쉬운 일이니까. 마찬가지야. 나도 여기 내려오는 게 태어나서 했던 일 중 가장 쉬웠어. 나는 더 힘들기 싫어."

쏟아 내듯 말하는 재선의 앞에서 나는 어떤 말도 할 수 없었다. 말을 마친 재선이 몸을 돌려 벽에 등을 기대고 주저앉았다. 나도 그 옆으로 가서 앉았다.

내가 기억하는 재선은 맨 앞에 서 있는 아이였다. 항상 세상을 똑바로 쏘아보는 아이. 왜 기억하지 않냐고 소리를 지르던 아이.

아마 지쳤던 거겠지. 아무리 우리가 떠들어 대도 듣지 않는 사람들을 보면서. 분노는 연료로 쓰기에는 지속성이 없다. 확 불타올랐다가 확 꺼지고 만다. 누구도 재선에게 분노가 아닌 다른 대안을 제시하지 못했다.

'마음을 쓴다'는 표현이 떠올랐다. 어딘가에 쓸 수 있는 마음의 양은 정해져 있다. 마음이 소진되면 사람은 무너지고 만다.

우리는 서로를 돌봤어야 했다. 재선이는 준비단 안에서도 외로웠을 것이다. 떠났지만 돌아오고 싶었을 것이다. 자신이 뭘 그리워하는지조차 잊어버려서, 막연하게 밤하늘만 올려다보고 있었을 것이다. 그날 내가 테니스장 옆을 지나치기 전까지. 내가 재선을 찾은 줄 알았는데, 지금 생각해 보니 재선이 나를 부른 것이었다.

언젠가 그런 대화를 나눈 적이 있다.

"누구 한 사람이 지치면, 다른 사람이 상기시켜 주기로 하자. 우리가 처음에 어떤 마음이었는지를."

지금이 그 약속을 지킬 때였다.

한참 가만히 앉아 있다가 조심스레 입을 열었다. 평소에 그랬던 것처럼, 시시한 이야기들을 늘어놓는 것처럼. 재선은 잠자코 들었다.

곧 다가올 추모제는 낭독회 형식으로 진행된다고, 그래서 나도 사람들 앞에 나가서 낭독할 글을 준비해야 한다고 말했다. 무슨 글을 가지고 가야 할지 모르겠다고, 사람들이 지켜보는 앞에서 혼자 뭘 해 본 적이 없는지라 떨린다고 했다.

너의 세계에 다녀온 이후로 아빠와는 더 서먹해졌다는 이야기를, 체육복을 빨아도 무릎에 짓이겨진 풀의 흔적은 사라지지 않는다는 이야기를 했다.

그다음에는 학교 이야기를 했다. 너의 책상이 아직도 교실에 있다고 말했다. 뒤로 옮겨지긴 했지만 여전히 교실에 놓여 있다고. 전부터 그 빈자리를 보며 어렴풋이 누군가 있었다는 기억을 떠올렸었다고 했다.

책상 밑에 이름은 네가 새겨 놓은 거냐고 묻자 재선이 고개를 끄덕였다. 너 그건 반달리즘이야, 말하자 재선이 소리 없이 웃었다. 어디서 봤는데 아이작 뉴턴도 학교에 자기 이름을 새기고 다녔다더라. 그러니까 나중에 선생님들이 뭐라 하면 뉴턴 따라 했다고 해.

"내가 이름 새겨 둔 거, 어떻게 찾았어?"

"책상에 앉아 있다가."

"내 책상에?"

나는 고개를 끄덕였다.

"앉아 보고 싶었어. 네가 바라보던 교실의 풍경이 궁금해서."

"어땠어?"

"너처럼 앞만 보고 있으니까 목이 아프더라."

"계속 쳐들고 있으면 아프지."

재선이 바닥을 보며 중얼거렸다. 나는 그런 재선을 물끄러미 보다가 입을 열었다.

"네가 없는 추모제는 허전할 거야."

재선은 반응이 없었다.

"나는 네가 거기에 있어 주면 좋겠어."

재선의 표정은 볼 수 없었다. 곧바로 재선이 양 손바닥에 얼굴을 파묻었기 때문이다.

재선아, 하고 부르려다가 나는 침묵을 지켰다.

## 9. 다시는 잊어버리지 않도록

집으로 돌아온 나는 노트북을 켜고 그 앞에 앉았다.

옥이에 관한 기억부터 적기 시작했다.

옥이의 마지막 순간을 함께하지 못해 슬프다고 적었다. 눈을 감는 순간에 쓸쓸했던 건 아닌지 걱정된다고, 옥이의 마지막을 배웅할 수 있었다면 좋았을 것이라고 적었다. 옥이가 어떻게 죽었는지를 알 수 없어 무력하다고도 적었다.

옥이의 몸에는 아무 상처도 없었지만 그 몸을 쓰다듬으면서 나는 자꾸 최악의 장면을 상상했다고 적었다. 옥이의 음식에 먹어서는 안 되는 것이 섞여 있었던 건 아닌지. 누군가의 악의가 앞당긴 죽음이었던 건 아닌지.

사람 그림자만 보여도 도망가는 길고양이들 사이에서 사람을 좋아하는 옥이는 특이한 존재였다고 적었다. 순하고 사교성 있는 성격이 옥이의 명을 재촉한 것은 아닌지 모르겠다고도, 그런 의심을 하게 되어 슬프다고도 적었다.

그다음으로 나는 재선에 대해 적기 시작했다.

옥이를 알게 된 것은 재선 덕분이라고, 재선의 어머니는 그날 나와 함께 버스에 타고 있었다고, 그분의 이름은 박윤희라고.

여러분은 재선이를 기억하지 못하겠지만, 이라는 문장을 적었다가 지웠다.

나는 그분의 성함이 박윤희라는 것을 잠시 잊고 있었습니다, 라고 적었다.

재선이는 모두가 어머니를 기억해 주기를 바랐습니다, 라고 적었다.

재선이는 참사 전으로 돌아가라는 말을 가장 싫어했습니다, 라고 적었다.

재선이는 그만 일상으로 돌아가야 하지 않겠냐는 말을 들으면, 이것이 자신의 새로운 일상이라고 대답했습니다, 라고 적었다.

저는 그런 재선이가 조금 힘들었어요, 라고 적었다.

어느 날에는 재선이와 함께 플래카드를 들다가도, 어느 날에는 모든 게 버겁다는 생각이 들었습니다, 라고 적었다.

다 그만두고 싶다는 생각을 할 때가 많았어요, 라고 적었다.

재선이는 그런 저를 이해하지 못했어요. 그리고 저는 저를 이해하지 못하는 재선이가 서운했습니다. 왜 나는 살아 나왔는데도 계속 그날에 갇혀 살아야 하나, 라고 생각했어요.

언제까지 이래야 하는지 막막했습니다. 살았다는 이유로 아주 긴 벌을 받고 있는 느낌이었어요. 그만 끝났으면 좋겠다고 생각했던 밤들이 있었습니다.

저는 저를 살리기 위해 추모제 준비단을 나왔습니다. 그래야 제가 살 수 있다고, 저를 힘들게 하는 것들로부터 멀어져야 한다고 생각했어요.

그때는 진짜로 저를 힘들게 하는 게 뭔지 잘못 알고 있었던 것 같아요.

재선이를 보면 저는 항상 죄책감에 시달렸고, 저를 보며 운이 좋다고 말하는 사람들을 보면 분노에 휩싸였습니다. 그날의 일을 그냥 천재지변이라고 말하는 사람들을 보면, 너희가 그날 그곳에 있었어도 그렇게 쉽게 말했을 거냐고 따지고 싶었습니다.

그런 생각이 들 때면 스스로가 못된 사람이 된 기분에 마음이 불편해지기도 했습니다.

그러니까 저는 그 모든 것으로부터 멀어지고 싶었습니다.

추모제 준비단을 나왔더니 정말 모든 게 사라진 것처럼 느껴졌어요. 어차피 잊지 못할 건데 왜 이렇게 기억하라고 소리를 질러 가며 활동을 계속해야 하나, 준비단에 있을 때는 갑갑했지만 나와서 비로소 알았어요. 잊을 수 없는 사람은 나뿐이라는 것을. 잊지 못하는 사람들이 잊지 말라고 소리를 질러야 잊어 가는 사람들이 한 번이라도 돌아본다는 것을.

재선이도 아마 그런 막막함을 느꼈던 것이 아닐까요. 그래서 홀연히 사라져 버린 것이 아닐까요.

하지만 저는 재선이를 잊지 못했습니다.

재선이를 이대로 보내고 싶지 않아요.

저는 여러분이 재선이를 기억해 주기를 바랍니다. 재선이에게 보여주면 좋겠습니다. 세상은 우리가 생각하는 것보다 쉽게 잊지 않는다는 것을.

재선이의 이름을 더 자주 부르고 싶어요. 설령 여러분이 끝내 기억해 내지 못하더라도 저는 재선이를 보내지 않을 것입니다. 다른 세계로 재선이를 매일 찾아갈 것입니다.

우리는 그렇게 계속해서 만날 것입니다.

낭독을 마치고 고개를 숙인 채 그 자리에 서 있었다. 숨을 고르고 고개를 들었다. 나를 향하고 있는 눈동자들이 보였다. 맨 앞줄에 앉아 있는 정수연의 어머니와 눈이 마주쳤다.

정수연의 어머니가 박수를 쳤다. 곧이어 커다란 박수가 이어졌다. 종이를 든 손바닥에 땀이 솟았다.

종이를 작게 접어 교복 치마 주머니에 집어넣었다. 강당 맨 뒤에 서 있던 혜민의 모습이 보였다. 혜민은 손톱을 잘근잘근 씹으면서 나를 응시했다.

추모식이 끝나고 교실로 돌아갔다. 혜민이 재선의 책상 앞에 서서 나를 기다리고 있었다.

"그 애가 여기에 있었어. 기억나. 그 남자애."

혜민은 얼떨떨한 것 같았다.

"어떻게 지금까지 잊고 있었을까?"

"나도 잊고 있었어. 나도 기억이 돌아온 지 얼마 안 됐어."

나는 혜민의 옆에 서서 함께 재선의 책상을 내려다보았다.

국어 선생님은 추모제에 참석하겠다는 약속을 지켰다. 학교 커뮤니티에는 국어 선생님을 비난하는 글이 올라왔다. 교무실에 항의 전화가 빗발쳤다고 한다.

국어 선생님의 참석은 적어도 한 사람을 바꿔 놓았다. 나는 이제 모든 어른들이 다 똑같지는 않다고 생각한다. 모든 선생님이 믿지 못할 존재인 것도 아니고, 모든 선생님이 학생에 앞서 학교를 생각하는 것도 아니라고.

내 생각이 바뀌는 데는 단 한 번의 반증이면 충분했다.

○

나는 혜민과 호정을 데리고 산책로로 갔다. 하수도 입구에 도착하자 혜민과 호정이 경악하는 눈으로 나를 보았다.

"여기로 들어가야 한다고?"

"진짜 한 번만 믿어 줘. 들어가 보면 알 거야."

나는 애원조로 말했다. 애들이 나를 따를 수 있도록 자신 있게 말해야 할 것 같은데, 기어들어 가는 목소리밖에는 나오지 않았다.

"까짓거, 가 보자."

먼저 넘어와 준 쪽은 혜민이었다.

"너까지 왜 그래?"

호정은 충격받은 얼굴로 말했다.

"여기까지 와서 빼려고? 이연서가 여기가 맞다잖아. 너는 이연서 못 믿냐?"

혜민이 긴 머리를 바짝 묶으며 말했다.

"은근 재밌을 거 같은데. 살면서 저 안으로 들어가 볼 일이 또 언제 있겠어? 한 번쯤 새로운 것도 시도해 보고 좋지."

"옷 다 버리겠어."

호정이 말했다.

"지금 옷이 중요해?"

"아니, 나 내일 시간표에 체육 있어서 그래."

혜민이 팔짱을 끼고 호정을 쳐다보았다. 호정은 조금 움찔하며 몸을 사선으로 틀었다.

혜민은 한숨을 쉬며 고개를 저었다.

"그럼 너는 여기서 기다려. 나랑 연서만 갔다 올게."

"안 돼, 우리 다 가는 거야. 최대한 많은 사람이 기억하고 있다는 걸 보여 줘야지."

내가 끼어들었다. 혜민이 호정에게 시선을 두며 말했다.

"됐어. 무섭다잖아. 우리끼리 다녀오자. 우리가 김재선 데리고 나오면, 너는 생색낼 생각 마라? 나중에 직접 말해. 너는 겁나서 거기까지 못 갔다고."

호정이 앞장서서 걸었고, 혜민과 나는 그 뒤를 따랐다. 쭉 직진하다가 두 번째로 등장한 왼쪽 통로로 방향을 틀었다. 주위의 공기가 바뀌는 기분이 들었다. 눈에 보이지 않는 투명한 막을 통과한 기분이었다.

"방금……."

호정이 나를 돌아보며 당황스러운 목소리로 말했다.

"맞아."

내가 고개를 끄덕였다.

혜민이 내 팔꿈치를 움켜쥐었다.

“저 앞에 누가 있어.”

혜민이 가리킨 곳을 보았다. 뿌연 공기 사이로 그림자 같은 인영이 우리를 향해 다가왔다.

재선은 내가 혼자가 아니라는 사실에 놀란 듯했다. 호정은 믿을 수 없다는 듯 멍한 얼굴이었다.

“오랜만이다.”

재선이 작은 목소리로 호정에게 인사했다. 순식간에 호정의 눈에 그렁그렁 눈물이 맺혔다.

“안녕, 김재선. 나도 왔어.”

옆에 있던 혜민이 손을 들며 인사했다. 조금 어색한 투였다. 둘은 원래도 별로 친한 사이가 아니었다.

“나 기억해? 정혜민.”

혜민이 물었으나 재선은 대답하지 않았다. 혜민이 다시 말을 붙였다.

“나는 너 기억하는데.”

“그래서?”

분위기가 차갑게 가라앉았다. 한참 침묵을 지키던 재선이 다시 말을 이었다.

"……지금까지는 잊고 있었잖아. 관심도 없었잖아."

나는 재선과 혜민 사이에서 어떤 말도 얹을 수가 없었다.

"어차피 세상 사람들은 나를 잊었어. 앞으로도 마찬가지일 거야. 나는 이제 기대하고 싶지 않아. 더는 기대했다가 좌절하기를 반복하고 싶지 않아."

"재선아……."

재선의 아픈 마음이 전해져 팔을 뻗었다. 그런 내 말을 끊고 혜민이 입을 열었다.

"맞는 말이야."

나는 놀라서 혜민에게로 고개를 돌렸다.

"나는 너를 오랫동안 잊고 있었어. 연서랑 호정이가 아니었다면 아마 지금까지도 기억하지 못했을 거야."

혜민이 재선을 똑바로 보며 말을 이었다.

"그러니까 아는 거야, 모두가 너를 기억해 낼 거라는 걸. 잠깐 잊었지만, 다시 기억하고 있는 내가 여기에 있으니까. 이제 나는 다시는 김재선이라는 사람을 잊어버리지 않을 테니까."

말을 끝맺는 혜민의 목소리가 살짝 떨렸다. 혜민은 코를 훌쩍이곤 엄지와 검지로 코끝을 닦았다.

재선은 아무 말도 하지 않았다. 호정이 한 걸음 재선에게로 다가갔다.

"돌아가자, 재선아."

나는 일행의 맨 앞에서 걸었다. 보이지 않는 막을 스쳐 지나는 느낌이 났다. 뒤이어 혜민과 호정이 넘어왔다.

"야, 재선이가 없는데?"

혜민의 말대로였다. 하수도 통로에는 나와 혜민 그리고 호정, 세 사람밖에 없었다. 우리의 뒤로는 끝이 보이지 않는 어두운 통로가 펼쳐져 있었다.

"혼자만 안 넘어왔나 봐."

"안 온 거야, 못 온 거야?"

나는 뒷걸음질을 쳤다. 이번에는 등에서부터 서늘한 막이 느껴졌다. 눈앞에 있던 호정과 혜민의 모습이 사라지고, 혼자 가만히 서 있는 재선의 모습이 나타났다.

재선은 손을 어정쩡하게 뻗고 있었다.

"나, 갈 수가 없어."

몇 번을 더 시도해 보았지만, 재선은 우리 세계로 넘어올 수 없었다.

"열매 때문일 거야. 그동안 먹은 양이 있으니까."

재선이 말했다. 나는 고개를 끄덕였다. 내가 그 세계에 갔었을 때의 일이 떠올랐다. 열매를 먹지 않고 기다려야 돌아갈 수 있다고 했었다.

재선은 지금까지도 계속 열매를 먹었을 것이다. 오랜 시간 동안 재선의 속에 축적된 열매가 재선을 돌아가지 못하게 붙들어 두고 있었다.

"기다리고 있으면 내가 돌아갈게. 시간이 좀 걸리겠지만, 열매만 끊으면 돌아갈 수 있을 거야."

"정말이지?"

"응. 걱정 마, 가는 길은 알고 있으니까."

"너무 오래 안 오면 내가 데리러 올 거야."

"그렇게 해."

재선이 나와 눈을 맞추며 말했다.

우리는 서로 멀찍이 떨어진 채 산책로를 따라 걸었다. 호기롭게 재선을 데리러 가자고 했을 때와는 달리 다들 기력이 쭉 빠져나간 모습이었다.

"야!"

느닷없이 혜민이 버럭 소리를 질렀다. 나와 호정은 놀라서 동시에 혜민을 돌아보았다. 혜민이 건너편 상가를 가리켰다.

"밥이나 먹고 가자. 배고프다."

햄버거를 시켜서 우적우적 먹었다. 나를 빤히 지켜보던 혜민이 물었다.

"김재선 생각하냐?"

나는 대답하지 않았다.

"때 되면 오겠다고 했다며. 얼마나 걸릴지도 모르는데, 그 생각만 하고 있으면 김재선 오기도 전에 지쳐서 나가떨어진다. 우리는 우리가 해야 하는 일 하고 있으면 돼."

나는 묵묵히 콜라를 마셨다.

나는 마중을 나간다는 생각으로 매일 학교가 끝나면 하수도로 향했다. 내가 수업을 듣고 준비단 아이들과 다음에 할 일을 계획하고 하천의 고양이들을 만나는 동안, 재선은 그곳에서 제 안의 열매가 전부 사라지길 기다리고 있을 것이다.

이쪽으로 건너올 재선을 맞이하는 상상을 했다. 잘 돌아왔다고 가장 먼저 말해 주는 사람이 되고 싶었다.

재선은 일주일이 지나도록 나타나지 않고 있었다. 오늘도 오지 않는 걸까 조바심이 나려는 찰나, 걸어오는 재선이 보였다. 나는 반가운 마음에 재선에게로 달려갔다. 그런데 재선의 표정이 어두웠다.

"늦었나 봐, 연서야."

재선이 말했다.

"고집을 부리다가 정말 돌이킬 수 없어진 걸지도 몰라."

재선을 바라보고 우두커니 서 있던 나는 벽 쪽으로 가서 등을 기대고 앉았다. 재선도 내 옆으로 와서 앉았다. 우리가 나란히 앉아 있는 곳에서는 아무 냄새도 나지 않았고 아무 소리도 들리지 않았다. 이곳에서 살아 움직이는 건 우리뿐인 듯했다.

재선은 가만히 앉아 있다가 가끔 한숨을 쉬었다. 그러면 나는 덩달아 울고 싶어졌다.

이튿날 학교에서 호정과 혜민을 만났다.

"재선이가 돌아오지 못할 것 같아."

스스로 이런 말을 하면서도 믿을 수 없었다.

"무슨 소리야?"

호정이 놀란 얼굴로 물었다.

나는 자초지종을 설명했다. 왝왝이의 세계에 갔을 때의 일, 그곳에 있는 나무와 열매들, 오랜 시간 동안 열매를 먹어 온 재선.

이야기를 잠자코 듣고 있던 호정이 입을 열었다.

"그럼 그거 뽑아 버리면 안 되나?"

"뭐를? 나무를?"

"응."

"그거 엄청 커. 우리 힘으로 못 뽑아."

"네 명이서 달려들면 생각보다 금방 될지도 몰라."

호정의 눈빛이 진지했다. 농담을 모르는 호정의 입에서 나오는 말은 대부분이 진심이긴 했다.

농담을 모르는 사람만이 내지를 수 있는 무모함이 있다. 지금 호정은 나와 혜민에게 그런 무모함의 예시를 보여 주고 있었다.

각자 땅을 팔 도구를 챙긴 뒤에 하수도 입구에서 모이기로 했다. 나는 신발장에서 모종삽을 꺼내 쇼핑백에 담았다. 나무를 뽑는 데 쓰기에는 너무 작은 크기였다. 다른 애들이 커다란 삽을 가져와 주기를 바랄 수밖에 없었다.

현관에 앉아서 운동화 끈을 묶는데, 도어록 누르는 소리가 들렸다. 문이 열리더니 아빠가 들어왔다. 나는 황급히 모종삽을 넣은 쇼핑백을 등 뒤로 숨겼다.

"어디 가니?"

"친구들 만나러요."

"친구 누구?"

"호정이랑 혜민이요."

아빠는 뭐라 말해야 할지 모르겠는 얼굴로 나를 보았다. 그런 아빠를 보고 있자니 하고 싶은 말이 생겼다. 한참 전에 해야 했던 말이었다.

“제가 추모제 준비단에 들어간 건 호정이가 꼬셔서 그런 게 아니에요. 제가 먼저 하겠다고 했어요. 호정이는 나를 따라서 들어온 거예요.”

아빠는 조금 놀란 듯했다.

“왜 그렇게 말하지 않았어?”

“아빠는 제가 빨리 잊어버리기만을 바랐잖아요.”

아빠의 눈동자가 흔들렸다. 화를 내거나 반박할 줄 알았는데 그러지 않아서 조금은 의외였다.

“아빠, 우리 학교에 김재선이라고 기억나요?”

아빠는 고개를 저었다.

“김재선…… 김재선? 같은 반이야? 잘 모르겠는데.”

“저랑 초등학교도 같이 나왔어요. 저랑 친해요.”

“그래? 아빠는 들은 기억이 없는 것 같다.”

“아니에요, 아빠도 알고 있어요. 제가 말한 적도 있고, 아빠가 직접 만난 적도 있어요. 그러니까 아빠는 김재선을 알고 있어야 해요.”

“연서야, 무슨 소리야?”

아빠가 당혹스러운 얼굴로 물었다.

“재선이 어머니가 작년에 저랑 같은 버스에 타고 계셨어요.”

"네 친구 어머니가?"

"저, 지금 호정이랑 혜민이랑 같이 재선이를 만나러 가요. 쉽진 않겠지만, 재선이를 데리고 돌아올 거예요. 그러니까 아빠도 재선이랑 재선이 어머니를 잊지 말아야 해요."

나는 일어서서 현관문 손잡이를 잡았다.

"연서야."

아빠가 나를 불렀다. 나는 멈춰서 아빠를 돌아보았다. 아빠는 할 말이 있는 듯 입을 달싹이며 나를 보고 있었다.

"친구들이랑 어디서 만나기로 했어? 아빠가 태워다 줄까?"

주저하던 아빠가 물었다.

"괜찮아요. 걸어서 갈게요."

"조심해서 다녀오고."

"네."

"아빠 도움이 필요한 일이 있으면 알려 줘."

나는 고개를 돌려 아빠와 시선을 맞췄다.

"생기면 말할게요."

호정과 나도 나름대로 땅을 파기 위한 장비를 챙겨 왔지만, 우리의 시선은 혜민에게로 꽂혔다. 혜민은 과수원에서나 쓸 법한 삽을 챙겨 왔다. 거의 혜민의 몸 크기였다.

"우리 집 단독주택이잖아. 엄마가 조경에 진심이야."

혜민은 민망한 투로 해명했다. 나는 아무 소리도 안 했다는 뜻으로 어깨를 으쓱했다.

"가자. 김재선 기다리겠다. 김재선 성격 나쁘잖아."

혜민이 그렇게 말하곤 걸음을 옮겼다.

"왜, 재선이 착해."

"착하긴. 나 걔가 너한테 했던 못된 말들 다 기억하거든. 너 김재선이랑 있었던 기억이 덜 돌아온 거 아니야?"

"나중에 다 사과했어."

우리는 이런저런 이야기를 나누며 하수도로 들어갔다. 혜민이 챙겨 온 길쭉한 삽이 통로 바닥에 부딪혀 깡깡 소리를 냈다.

혜민은 삽을 어깨에 떠메고 걸으려 했지만 쉽지 않아 보였다. 연신 삽이 바닥에 부딪히는 소리에 호정과 내가 혜민을 돌아보았다.

"너희가 한번 들어 보든가. 이거 무거워."

결국 세 사람이 번갈아 혜민의 삽을 들기로 했다.

이번에도 내가 맨 앞이었다. 맨 앞에서 걷는 것은 부담스러우면서도 이상하게 두근거리는 일이었다. 낯선 감각이 느껴지더라도 내가 앞에 있다는 걸 믿고 계속 걸어 달라고 부탁했다.

애들이 듣고 따라오기 쉽도록 모종삽 끄트머리를 벽에 끌며 걸었다. 단단한 쇠가 울퉁불퉁한 벽을 긁으며 선로를 지나가는 기차 바퀴처럼 덜컹거렸다.

내 뒤를 바짝 따르는 호정의 발걸음, 그리고 그보다 조금 더 떨어진 곳에서 경쾌하게 들리는 혜민의 발걸음도 놓치지 않으려고 귀를 세웠다. 그러다 이내 아무것도 보이지 않게 되었고, 호정과 혜민의 발소리가 희미해졌다. 분간할 수 없이 먼 곳에서 들려오는 것처럼, 다른 세계에서 전해져 오는 것처럼. 축축 가라앉으려고 하는 다리를 억지로 움직이며 걷다가 풀을 밟은 순간 모든 감각이 되살아났다.

감각이 되살아난 자리에 멈춰 서서 발을 살짝 들어 보았다. 발밑에는 단단한 땅이 있었다. 등 뒤로 무언가 부딪혔다. 돌아보니 호정이, 호정의 뒤로는 혜민이 얼떨떨한 얼굴로 주위를 둘러보고 있었다.

"우와."

호정이 하늘을 올려다보며 감탄했다.

재선이 나무에게서 받은 것은 무엇일까. 나무가 재선에게 해주고 싶었던 것은 무엇일까.

나무는 하늘 높이 가지를 뻗고 있었다. 그 기둥에 손을 얹었다. 매끈한 나무껍질 위로 끈적한 수액이 흘렀다. 나무는 재선과 함께 생겨났다고 했다. 재선은 이 나무를 자신의 나무라고 불렀다.

나무는 오직 재선만을 위했고 재선이 편안해지길 바랐을 것이다. 재선이 더 이상 힘들어하지 않기를. 스스로를 아프게 하지 않기를. 그러므로 나는 나무를 탓할 수 없었다.

하지만 이제는 돌아갈 시간이었다. 우리가 선택한 것을 할 시간이었다. 그러기 위해서는 익숙함에서 벗어나야 했다.

우리는 함께 땅을 팠다. 지치면 쉬고, 기운이 돌아오면 다시 일어나서 팠다. 손톱 아래에 흙이 들어가 까슬거렸다. 먹지도 자지도 않았다. 근육통이 느껴지긴 했지만, 허기지거나 졸린 느낌은 들지 않았다. 정신없이 파다가 옆을 돌아보면 재선과 애들이 보였다. 재선은 잔뜩 집중한 표정으로 땅을 파고 있었다. 나도 지금 저렇게 몰두한 얼굴을 하고 있을까? 어느 날 화장실 거울에서 보았던 얼굴과는 전혀 다른, 그런 얼굴을?

불그죽죽한 흙 사이로 흰 나무뿌리가 드러났다. 뿌리가 반쯤 드러나자 나무가 기울기 시작했다. 바람 한 점 불지 않았고 누군가가 나무를 밀지도 않았는데, 어느 순간 보니 곧 쓰러질 것처럼 비스듬했다. 우리가 하는 일을 나무가 도와주려는 듯이.

나무가 크게 기우뚱하더니 땅으로 쓰러졌다. 굵고 가는 뿌리가 허공을 향해 뒤집히며 뿌리를 감싸고 있던 흙이 사방으로 튀었다.

재선은 완전히 쓰러진 나무를 바라보았다. 호정은 손등으로 이마의 땀을 훔쳤다. 혜민은 기운이 빠진 듯 털썩 바닥에 주저앉았다.

콧등에 차가운 물방울이 떨어졌다. 고개를 젖혀 하늘을 보았다. 물방울은 순식간에 소나기가 되었다. 나는 눈을 감고 비를 맞았다. 멀리서 불어오는 물비린내를, 땅에서 올라오는 젖은 흙냄새를 맡았다. 빗물로 축축해진 얼굴을 손바닥으로 쓸어내렸다. 손으로 가려도 눈에, 코에, 입에 빗물이 스며들었다.

입안에 고인 빗물을 삼켰다. 짠맛도 단맛도 아닌 맛이 났다. 이게 무슨 맛인지는 모르겠지만 적어도 미세먼지 맛은 아닌 것 같았다.

눈을 떠 보니 재선은 쓰러진 나무 옆에 무릎을 꿇고 앉아 있었다. 한참을 그 자리에 앉아 나무의 모습을 눈으로 그리듯이 훑었다. 가장 멀리 뻗은 잎사귀부터 가장 깊이 파고들어 있던 뿌리까지 하나하나 눈에 담았다.

"고마웠어."

재선이 속삭였다.

나무는 대답하지 않았다. 당연하게도.

나는 다가가 손을 잡고 재선을 일으켜 세웠다. 재선에 이어 바닥에 널브러져 있던 혜민과 호정도 일으켜 세웠다. 애들을 전부 일으켜 세우고 돌아보니 바닥에 쓰러진 나무가 사라지고 없었다.

“재선아.”

놀라서 재선을 돌아보았지만 재선도 사라지고 없었다.

빗줄기가 더욱 굵어졌다. 우리는 놀라거나 당황하는 데 시간을 허비하지 않기로 했다. 재선은 결국 돌아올 것이었고 우리는 우리가 할 일을 하면 되었다. 왔던 순서와 반대로 혜민이 맨 앞에 섰다. 그다음에는 호정이, 맨 뒤에는 내가 자리했다.

나는 뒤로 뻗은 호정의 손을 잡고 걸었다. 놓은 적이 없는데 어느 순간 호정의 손이 느껴지지 않았다. 몸이 붕 뜨는 것처럼 가벼워졌다. 너무 가벼워진 나머지 몸이 가볍게 떨리는 기분이 들었다. 속이 울렁거린다고 생각하며 눈을 떴다. 나는 하수도 안에서 호정의 손을 붙잡고 있었다.

이젠 구정물 냄새가 익숙하게 느껴졌다. 멀리서 들리는 쥐들의 소리에 돌아왔다는 것을 실감했다. 여전히 재선은 보이지 않았다. 덜컥 겁이 났다.

하수도 입구에 도착하자 쏟아지는 햇빛에 눈이 부셨다. 손을 펼쳐서 눈썹에 가져다 댔다. 내 옆에 선 혜민이 어딘가를 가리켰다.

"연서야, 저기."

눈을 찡그리며 혜민의 손가락이 향한 곳을 보았다.

재선이 그곳에 있었다.

그곳에 서서 우리를 바라보고 있었다.

재선이 우리가 있는 곳으로 다가왔다. 지상에서 맞잡은 재선의 손은 차갑지도 뜨겁지도 않았다. 딱 적당한 온도였다.

그제야 나는 마음 놓고 울었다.

# 10. 천천히 고개를 숙이면

올여름에는 작년만큼 비가 오지 않았다. 우리 동네에서는 그랬다.

내 하루에는 새 루틴이 추가되었다. 바로 음악분수를 보러 가는 것이다. 요즘 내가 가장 좋아하는 시간이다.

음악분수란 오후 9시에서 9시 30분까지 하천 광장에서 진행되는 행사이다. 분수대 물이 음악에 맞춰 흘러나오는데, 현란한 조명도 틀어 준다.

거기서 틀어 주는 플레이리스트는 그야말로 마구잡이라는 표현이 어울린다. 유명한 아이돌 그룹이 최근에 발매한 곡이 나오기도 하고, 몇 년 전 방영했던 서바이벌 프로그램 주제곡이 나오기도 하고, 십 년도 더 된 미국 밴드의 노래가 나오기도 한다.

시공간을 넘나드는 플리에선 아무 패턴도 찾을 수 없다. 이번 곡과 다음 곡의 유일한 공통점이라면 내가 알 만큼 유명하다는 것 정도다.

플리 담당자가 좋아하는 노래들일까? 아니면 어딘가에서 시민들의 신청곡을 받고 있을까? 그런 생각을 하다 보면 노래가 세 곡쯤 훌쩍 지나가 있었다.

나는 리드미컬하게 움직이는 물줄기를 보면서 이번 곡이 끝나고 다음에 나올 노래를 예측하길 좋아한다. 내 예측이 틀릴 수밖에 없다는 것을 알고 있기 때문이다. 내가 머리를 싸매고 고민해도 절대 맞힐 수 없는 문제는, 나에게 마음대로 상상할 수 있는 자유를 준다.

노래가 하이라이트에 이르면 분수의 가장 중앙 물줄기가 하늘 높이 솟구친다. 내 키의 열 배는 될 것처럼 아찔하게 높다. 그때마다 나는 고개를 젖히고 밤하늘을 올려다본다.

내가 추측한 것과는 전혀 다른 노래가 시작될 때, 나는 해방감을 느꼈다. 나는 그 해방감을 애들과 공유하고 싶어서 호정과 혜민을 하천 광장으로 데려왔다.

"들어 봐, 틀어 주는 노래들이 진짜 어이없다니까."

호정은 음악분수의 담당자가 내공 깊은 아이돌 팬이 분명하다고 단언했다. 그것도 여자 아이돌 팬일 것이라고. 본인 또한 여자 아이돌 팬이라서 잘 알고 있단다. 그러면서 케이팝 여자 아이돌의 역사와 그 팬덤 문화에 대한 강의를 시작하는데…… 나는 듣는 둥 마는 둥 고개를 끄덕이면서 호정에게 판을 잘못 깔아 주었다고 생각했다.

혜민은 처음 세 곡을 듣고서는 내 말이 무슨 말인지 알겠다며, 과연 그렇다고 공감하더니, 이내 다른 쪽으로 주의를 돌렸다. 그렇게 우리는 한참 다른 주제로 수다를 떨었다.

재선은 돌아왔다. 재선의 흔적도 전부 돌아왔다.

우리를 제외한 누구도 재선이 돌아왔다는 사실을 알지 못했다. 돌아왔다는 것을 알기 위해서는 사라졌다는 것을 알아야 하는데, 재선이 사라졌음을 아는 사람은 많지 않았으니까.

사람들은 마치 어제도, 그저께도, 일주일 전에도 재선을 봤던 것처럼 행동했다. 빈자리를 만들지 않고 사라졌던 재선은 새로운 자리를 차지하지 않고 돌아왔다.

그래도 재선이 사라졌던 시간을 기억하는 우리는, 재선이 사라졌던 동안의 세상과 재선이 돌아온 이후의 세상이 같지 않다는 걸 안다. 적어도 우리는 많은 것이 달라졌다는 사실을 알고 있다.

아빠와는 여전히 서먹하다. 함께 집에 있을 때면 나는 방에서 시간을 보내고 아빠는 거실에서 야구를 본다.

나는 야구 캐스터가 지르는 고함에 가까운 중계 소리를 들으며 오늘 치 일력을 뜯어 다이어리에 붙였다. 오늘의 페이지에는 아직 어린 카피바라 두 마리가 나란히 물가에 누워 휴식을 취하고 있었다. 핸드폰으로 다이어리 사진을 찍어 호정에게 보냈다.

문밖에서는 계속해서 야구 중계 소리가 들려오고 있었다. 나는 아빠와의 메신저에 들어가 최근에 주고받은 대화 목록을 훑어보았다.

아빠는 더 이상 내게 '우울증'이나 '극복'과 관련한 영상 링크를 보내지 않는다. 대신 아빠가 응원하는 구단의 경기 결과를 보내기 시작했다. 야구 경기에 흥미가 가진 않지만, 이기면 기뻐하고 지면 아쉬워하는 아빠의 반응을 보는 건 재미있다.

때마침 아빠에게서 채팅이 왔다. 경기가 막 끝난 모양이었다. 아빠는 응원하는 구단이 역전승을 거뒀다며 기뻐했다. 나는 축하의 의미로 아빠에게도 카피바라 사진을 보냈다. 채팅을 읽은 아빠가 답장을 보냈다.

— 이건 무슨 동물이냐?

나는 방문을 열었다.

있는 곳에서 상대가 오기를 기다리는 것보다, 중간에서 만나는 것이 더 재미있는 법이다. 나는 그걸 누구보다 잘 알고 있다.

호정에게서 낭독회 영상을 유튜브에 업로드했다는 말을 들었다. 영상을 확인하려고 호정의 유튜브에 접속했다. 낭독회 영상 밑으로 달린 댓글 중에 정수연의 어머니가 남긴 댓글이 있었다. 나는 그 댓글을 몇 차례나 반복해서 읽었다.

채널에 올라온 다른 영상들을 훑다가 열 명의 이야기 재생 목록을 보았다. 오류가 난 것처럼 새까맸던 세 번째 영상의 섬네일이 돌아와 있었다. 작은 화면이었지만 영상 속에 앉아서 카메라를 응시하고 있는 사람이 누군지, 바로 알 수 있었다.

나는 호정의 채널에 올라와 있는 인터뷰를 하나씩 전부 보았다. 정수연의 어머니에서부터 재선을 지나 나에 이르기까지, 호정이 기록한 이야기들.

최근 호정은 열 명의 이야기 프로젝트를 끝내고 새로운 프로젝트를 시작했다. 침수 이후 있었던 시위 현장을 따라가는 다큐멘터리를 만들 거라고 했다.

시위가 있는 날이 평일이면 호정은 오후 수업을 빠지기도 했다. 호정의 생활기록부를 걱정하지 않는 사람은 호정 본인뿐이었다. 결석을 두어 번 했다는 이유로 자신을 뽑지 않는 학교가 있다면, 자신이야말로 그런 학교에 입학할 생각이 없으니 상관없다고 주장했다.

호정은 서울에서 열리는 재판에 방청권을 신청해서 법원에 다녀온 적도 있다. 재판이 끝나고 돌아온 호정은 분한 얼굴로 씩씩거렸다. 그래서 나는 호정이 다음번 재판이나 시위에는 참여하지 않을지도 모른다고 생각했는데, 호정은 일정이 허락하는 한 모든 현장에 참가했다.

"나는 실제로 있었던 일을, 누군가가 아직 하지 않은 이야기를 찾아서 기록할 때 집중하게 돼. 오래 따라다니면서 지켜보고 그걸 내 나름의 방식으로 정리하는 게 내 일 같아."

호정은 그렇게 말했다.

늘 자신에겐 상상력이 부족하다며 아쉬워하던 호정의 말은 틀렸다. 호정이 하는 행동은 항상 내 상상보다 한 발짝 멀리 가 있었다. 호정은 내가 상상해 본 적도 없는 일을 아무렇지도 않게 저지르곤 했다.

나는 호정이 내가 모르는 세상을 알려 주기를 바란다. 나뿐만이 아니라 세상 사람들이 생각도 해 본 적 없는 것을 집요하게 관찰하여 수면 위로 끄집어내 주기를 바란다.

엄청나게 복잡한 개미굴 같은 걸 따라가다가 새로운 생명체가 사는 지하 세계 같은 걸 발견해 준다면 좋겠다. 그래서 재선과 함께 있던 그 아이들을 발견해 주면 좋겠다. 그 아이들이 어쩌다 그곳에 가게 되었는지, 그 이야기를 기록해 준다면 좋겠다.

○

추모식 때 진행하지 못했던 음악회는 하천 광장에서 진행하게 되었다. 원래 염두에 두고 있던 복합커뮤니티센터의 작은 콘서트홀은 사용 허가를 받지 못했다. 시청에서는 추모 음악회가 공공건물의 목적에 부합하지 않는다고 했다. 학교나 시청이나 어떻게 핑계가 다 똑같은지 모르겠다.

저녁마다 음악분수가 펼쳐지는 하천 광장은 호정과 혜민과 함께 옥이의 장례식을 치렀던 곳이기도 했다. 아이들이 뛰어놀던 곳에 학교 강당에서 가져온 플라스틱 의자를 가지런히 놓았다.

우리가 교무실로 몰려가서 학교에서 해 준 것도 없는데 의자라도 빌려달라고 했을 때, 선생님은 학교 비품을 학교 밖에서 쓰라고 허가를 내어 줄 순 없다고 했다.

"너희가 조용히 가져가서 쓰고 당일에 조용히 돌려놓는다면, 단속할 방법은 없겠지만."

선생님은 고개를 돌리며 그렇게 말했다. 우리는 선생님의 코앞에서 눈빛을 교환했다.

의자는 음악회를 준비하는 아이들이 직접 나르기로 했다. 원래 추모제 준비단이 아니었던 아이들 중에서도 돕겠다는 사람이 꽤 있었다.

교내 낭독회를 기점으로 아이들의 분위기는 확실히 바뀌었다. 낭독회가 아니라 재선이 돌아온 것이 기점일 수도 있다.

하천 광장은 학교에서 그다지 멀지 않은 데다가 의자도 가벼웠기 때문에 처음에는 힘들 거라고 생각하지 못했는데, 두 개를 겹쳐서 들고 옮기려니 제법 무거웠다. 하천에 다다랐을 땐 팔뚝이 후들거렸다. 손가락에는 의자 팔걸이 모양으로 날카로운 자국이 남았다.

주먹을 쥐었다가 펴기를 반복하면서 화끈거리는 손바닥을 달랬다. 아이들이 속속 도착해 의자를 내려놓았다. 하나같이 울상으로 자신의 손바닥을 내려다보는 모습이 웃기면서도 마음이 쓰였다. 하필이면 날씨까지 푹푹 쪘다.

아이스크림이나 시원한 음료 같은 거라도 나눠 먹을까? 근처에 편의점이 어디에 있더라. 나 혼자 다녀올 수 있으려나?

"이제 끝."

혜민이 의자를 내려놓으며 손을 털었다.

"다 옮겼어?"

"응. 내가 마지막 의자 들고 온 거야."

광장 무대 근처에서 재선의 목소리가 들렸다. 아이들이 가져온 의자를 배열하는 사이에, 나는 슬쩍 재선의 뒤로 가서 등을 찔렀다.

"아, 뭐야."

재선이 얼굴을 찌푸리며 뒤를 돌아보았다.

돌아온 재선은 왝왝이였던 시절보다 예민했다. 이것이 나에게 익숙한 재선의 모습이긴 했다. 왝왝이였던 시절이 재선답지 않았던 거다.

그래도 꽤나 고슴도치였던 재선도 나름대로 노력하고 있었다. 나는 알고 있다. 사라지기 전의 재선보다는, 돌아온 지금의 재선이 훨씬 아이들과 어울리려고 노력한다는 것을.

"왜 짜증을 내고 그래."

내가 핀잔했다. 재선이 멋쩍은 표정으로 웃었다.

"애들 간식 사러 가자."

재선과 나는 조용히 광장을 빠져나와 가까운 편의점으로 향했다. 아이스크림을 사자는 내 말에 재선이 가다가 다 녹으면 어떡하냐며 태클을 걸었다. 자꾸 뾰족하게 구는 게 서운해서 나도 좀 짜증을 냈다. 잠시 말싸움을 하다가 각자 다른 매대 앞으로 가서 섰다.

재가 왝왝이였던 시절이 지내기는 훨씬 편했다고 생각하면서 눈앞의 컵라면들을 노려보고 있는데, 소리 없이 다가온 재선이 내 등을 쿡 찔렀다. 재선은 머쓱한 얼굴로 비타민 음료를 들고 서 있었다.

"이걸로 통일하자. 작으니까 나눠 주기 편할 거야."

"그래."

음료수 매대로 가서 비타민 음료를 쓸어 담았다. 재선이 딱 사람 수만큼 사려고 하길래, 내가 몇 개 더 꺼냈다.

"한 명당 한 개면 되잖아? 뭐 하러 더 사."

어김없이 재선이 태클을 걸었다.

"혹시 모르잖아. 두 개 먹고 싶어 하는 애가 있을 수도 있고, 현장 관객한테 줘도 되고."

"관객은 다 줄 거 아니면 사지 마. 누군 주고 누군 안 주면 욕만 먹어."

"아, 너한테 사 달라고 안 해. 내 돈으로 사겠다는데 왜 뭐라고 해."

계산대까지 가는 동안에도 싸웠다. 결국에는 내 뜻대로 넉넉하게 샀다.

비타민 음료를 가방 가득 넣고 하천 광장으로 돌아갔다. 아이들은 그새 의자 정리를 마치고 흩어져 있었다. 광장을 돌아다니며 아이들에게 음료를 나누어 주었다. 아이들은 너나없이 음료를 받자마자 들이켰다. 내 손바닥의 의자 자국은 어느새 희미해져 있었다.

산책하던 사람들이 무대와 객석을 힐끗거리며 지나갔다. 돌아보거나 멀찍이 서서 구경하는 사람은 많았지만, 가까이 다가오거나 의자에 앉는 사람은 없었다. 일행들끼리 대화를 하다가 어깨를 으쓱하며 지나가는 사람이 대부분이었다.

"팸플릿 남은 거 어디에 있어?"

혜민이 물었다.

"저쪽에."

호정이 손을 뻗어서 객석 맨 앞의 박스를 가리켰다. 혜민은 빠른 걸음으로 팸플릿을 양손 가득 들고 돌아왔다.

"저희 저기 고등학교 학생인데요, 저희가 기획한 행사예요. 시간 괜찮으면 보고 가세요."

혜민은 가까이서 우리를 지켜보던 커플에게 다가가 팸플릿을 내밀었다.

"팸플릿도 한번 읽어 봐 주세요. 감사합니다."

커플은 좀 당황하는가 싶더니 웃으며 팸플릿을 받아 들었다.

"나도 줘."

호정이 혜민에게서 팸플릿을 반 나누어 받았다.

옆에 앉은 재선은 하늘을 쳐다보며 한숨을 길게 내쉬고 있었다. 잔뜩 지쳤다는 것이 느껴졌다. 애들에게 나눠 주고 남은 비타민 음료가 아직도 내 가방에 들어 있었다. 비타민 음료의 뚜껑을 열어서 재선에게 건넸다. 재선은 그것을 말없이 받아 들곤

단숨에 들이켰다.

"미지근해."

재선이 내 눈을 피하면서 중얼거렸다. 픽 웃음이 났다.

음악회 준비는 생각보다 힘들었지만, 끝난 후의 뒷정리는 생각보다 금방 끝났다. 생각보다 힘든 게 있으면 생각만큼 힘들지 않은 것도 있는가 보다. 어쩌면 더 많은 아이들이 함께했기 때문인지도 모른다. 의자를 학교에 몰래 반납하는 것으로 공식적인 일정은 끝이 났다.

"좀 걷다가 갈까."

재선이 제안했다.

재선과 나는 하천 산책로를 따라 걸었다. 걷다 보니 손등이 스쳤다. 왝왝이였을 때는 손을 잡는 게 아무렇지도 않았는데, 지금은 좀 어색했다.

멀리서 왝, 왝, 우는 소리가 들렸다. 나는 입술에 검지를 가져다 대고 재선에게 조용히 하라는 제스처를 했다. 재선이 입을 꾹 다물었다.

가만히 서서 귀를 기울였다. 왝, 왝, 하는 소리가 더 크게 들려왔다.

"이 소리가 그 소리지?"

"응. 맹꽁이 우는 소리."

우리는 테니스장으로 향했다.

"맹꽁이는 실제로 본 적이 없네."

"난 몇 번 봤는데."

"나도 보고 싶다. 오늘은 볼 수 있으려나."

"어두워서 잘 안 보일걸."

재선이 주머니에서 핸드폰을 꺼내 플래시를 켰다.

우리는 흩어져서 맹꽁이를 찾았다. 나는 바위 근처를, 재선은 테니스 코트 주변을 찾아보고 있었다.

"저, 저기……."

등 뒤로 재선의 목소리가 들렸다. 돌아보니 재선이 하수구를 가리키고 있었다. 나는 재선의 옆으로 갔다.

왝, 왝, 울음소리가 더 크게 울렸다. 심장이 빠르게 뛰어서 주먹을 꽉 쥐었다.

천천히, 하수구를 향해 고개를 숙였다.

어둠 속에서 무언가가 반짝였다.

## 작가의 말

산책로를 걸으며 하수도 입구를 지나칠 때마다 그곳에 무언가가 살고 있을지 궁금했다. 폭우로 하천길이 무너진 다음부터는 그것이 왜 그토록 오랜 시간 복구되지 못하는지 알고 싶었다. 공사 중 표지판이 붙어 있었지만 공사는 진행되는 것 같지 않았다. 한동안 그곳을 걸을 수 없었다.

나는 천변 산책로에서 많은 것을 배웠다. 세종에서도 서울에서도 늘 천변을 걸었다. 그곳에서는 각종 새와 고양이와 벌레를 만날 수 있었다. 매일 걸으면서, 걷고 지켜보면서 내가 그곳에 존재한다는 걸 느꼈다. 이해할 수 없는 것들을 조금은 소화할 수 있게 되었다. 연서에게도 재선에게도 산책로가 그런 의미였기를 바란다.

무언가를 이해할 수 없을 때 나는 쓰고 싶어진다. 모르는 것은 세상에 널려 있으니 앞으로도 계속 쓸 것이다.

그 길에 함께하는 사람이 있다면 더욱 기쁘겠다.

2025년이 막 시작한 겨울에,

이로아

왝왝이가 그곳에 있었다


초판인쇄 2025년 1월 24일 | 초판발행 2025년 2월 10일
글쓴이 이로아 | 책임편집 원선화 | 편집 엄희정 이복희 염현숙 | 디자인 신수경
마케팅 정민호 서지화 한민아 이민경 왕지경 정유진 정경주 김수인 김혜원 김예진
브랜딩 함유지 박민재 김희숙 이송이 김하연 박다솔 조다현 배진성
저작권 박지영 형소진 오서영 | 제작 강신은 김동욱 이순호 | 제작처 상지사
펴낸곳 (주)문학동네 | 펴낸이 김소영
출판등록 1993년 10월 22일 제2003-000045호
주소 10881 경기도 파주시 회동길 210
전자우편 kids@munhak.com | 홈페이지 www.munhak.com | 카페 cafe.naver.com/mhdn
북클럽 bookclubmunhak.com | 트위터 @kidsmunhak | 인스타그램 @kidsmunhak
대표전화 (031)955-8888 팩스 (031)955-8855
문의전화 (031)955-3576(마케팅) (02)3144-3243(편집)
ISBN 979-11-416-0887-3 03810